AF197332

Tucholsky Wagner Zola Scott Sydow Freud Schlegel
Turgenev Wallace Fonatne
Twain Walther von der Vogelweide Fouqué Friedrich II. von Preußen
Weber Freiligrath
Kant Ernst Frey
Fechner Fichte Weiße Rose von Fallersleben Richthofen Frommel
Hölderlin
Fehrs Engels Fielding Eichendorff Tacitus Dumas
Faber Flaubert
Eliasberg Ebner Eschenbach
Feuerbach Maximilian I. von Habsburg Fock Eliot Zweig
Ewald Vergil
Goethe Elisabeth von Österreich London
Mendelssohn Balzac Shakespeare Dostojewski Ganghofer
Lichtenberg Rathenau
Trackl Stevenson Doyle Gjellerup
Mommsen Tolstoi Hambruch Droste-Hülshoff
Thoma Lenz Hanrieder
Dach Verne von Arnim Hägele Hauff Humboldt
Reuter
Karrillon Garschin Rousseau Hagen Hauptmann Gautier
Damaschke Defoe Hebbel Baudelaire
Descartes
Hegel Kussmaul Herder
Wolfram von Eschenbach Dickens Schopenhauer
Darwin Melville Rilke George
Bronner Grimm Jerome
Campe Horváth Aristoteles Bebel Proust
Bismarck Vigny Barlach Voltaire Federer Herodot
Gengenbach Heine
Storm Casanova Tersteegen Grillparzer Georgy
Chamberlain Lessing Langbein Gilm
Gryphius
Brentano Lafontaine
Strachwitz Claudius Schiller Kralik Iffland Sokrates
Bellamy Schilling
Katharina II. von Rußland Gerstäcker Raabe Gibbon Tschechow
Löns Hesse Hoffmann Gogol Wilde Gleim Vulpius
Luther Heym Hofmannsthal Klee Hölty Morgenstern
Roth Heyse Klopstock Goedicke
Luxemburg Puschkin Homer Kleist
La Roche Horaz Mörike Musil
Machiavelli Kierkegaard Kraft Kraus
Navarra Aurel Musset
Lamprecht Kind Kirchhoff Hugo Moltke
Nestroy Marie de France
Laotse Ipsen Liebknecht
Nietzsche Nansen
Marx Lassalle Gorki Klett Ringelnatz
von Ossietzky May Leibniz
vom Stein Lawrence Irving
Petalozzi Platon Knigge
Pückler Michelangelo Kafka
Sachs Poe Liebermann Kock
de Sade Praetorius Mistral Zetkin Korolenko

Der Verlag tradition aus Hamburg veröffentlicht in der Reihe **TREDITION CLASSICS** Werke aus mehr als zwei Jahrtausenden. Diese waren zu einem Großteil vergriffen oder nur noch antiquarisch erhältlich.

Symbolfigur für **TREDITION CLASSICS** ist Johannes Gutenberg (1400 — 1468), der Erfinder des Buchdrucks mit Metalllettern und der Druckerpresse.

Mit der Buchreihe **TREDITION CLASSICS** verfolgt tradition das Ziel, tausende Klassiker der Weltliteratur verschiedener Sprachen wieder als gedruckte Bücher aufzulegen – und das weltweit!

Die Buchreihe dient zur Bewahrung der Literatur und Förderung der Kultur. Sie trägt so dazu bei, dass viele tausend Werke nicht in Vergessenheit geraten.

Spielmannslegende

Paul Heyse

Impressum

Autor: Paul Heyse
Umschlagkonzept: toepferschumann, Berlin

Verlag: tredition GmbH, Hamburg
ISBN: 978-3-8424-0597-4
Printed in Germany

Ziel der TREDITION CLASSICS ist es, tausende deutsch- und
fremdsprachige Klassiker wieder in Buchform verfügbar zu
machen. Die Werke wurden eingescannt und digitalisiert. Dadurch
können etwaige Fehler nicht komplett ausgeschlossen werden.
Unsere Kooperationspartner und wir von tredition versuchen, die
Werke bestmöglich zu bearbeiten. Sollten Sie trotzdem einen Fehler
finden, bitten wir diesen zu entschuldigen. Die Rechtschreibung der
Originalausgabe wurde unverändert übernommen. Daher können
sich hinsichtlich der Schreibweise Widersprüche zu der heutigen
Rechtschreibung ergeben.

Paul Heyse

Spielmannslegende

Eine mittelalterliche Novelle

(Zuerst 1883 unter dem Titel ‹Siechentrost› erschienen)

An einem hellen Frühlingstage des Jahres 1375 ritt ein junger Mensch, dessen Aufzug und Gebärde schon von weitem verriet, daß er guter Leute Kind war, das Lahntal entlang, immer dem Fluß entgegen, der seine olivengrünen Wellen vom schmelzenden Schnee geschwellt, hastig, aber lautlos dem Rhein zuwälzte. Die Wälder, die hier im Hochsommer als eine dunkle Wildnis die Straße am Ufer einsäumten, trugen noch das erste junge Grün und waren von überlautem Gesang nistender Vögel erfüllt, den dann und wann das Schellengeklirr und Peitschenknallen vorbeiziehender Kärrner übertönten. Denn Handel und Wandel, die über den Winter geruht, hatten sich dieses Pfades seit Wochen wieder bemächtigt und führten die Güter und Waren aus dem inneren Lande der großen Wasserstraße zu, die Ladungen der Rheinschiffe dagegen eintauschend.

So ging es in diesen schattigen Gründen und Waldschluchten vor einem halben Jahrtausend lustiger zu, als heutzutage, wo aller Menschen- und Warenverkehr sich in die stummen, dumpfen Eisenbahnzüge zusammendrängt. Auch auf dem Gesicht des einsamen Reiters, obwohl er der Umgebung wenig achtete und den Zuruf der Begegnenden nur mit einem stummen Kopfnicken erwiderte, lag während der langen Stunden immer der gleiche Ausdruck einer fröhlichen Hoffnung, den nur zuweilen ein Schatten von Ungeduld trübte, wenn sein starkes flandrisches Pferdchen in ein gar zu lässiges Schlendern verfiel, oder gar am Rande des Weges stehenblieb, um ein Maul voll frischer Maikräuter abzurupfen. Es war ihm aber nicht zu verargen, da sein Herr, seit sie die Brücke von Diez überschritten, ihm nicht die kleinste Rast erlaubt hatte. Als sie nun aber an die Stelle kamen, wo das hochumschlossene enge Tal sich plötzlich auftut und der Blick über das sanftgewellte, von Äckern und Wiesen durchgrünte Gebiet der schönen Stadt Limburg schweifen darf, hielt auch der Reiter unwillkürlich die Zügel an, stand wie eine Bildsäule kerzengerade in den Steigbügeln auf und staunte nach der fernen Wundererscheinung hinüber. Denn im glühendsten Abendlicht hob die herrliche Stiftskirche zum heiligen Georg ihre sieben Türme in die reinen Lüfte empor, und da es ein Samstag war, klang das abendliche Geläut so vollstimmig ihm entgegen, daß das Innerste seiner Brust davon erschüttert wurde.

Zwei Jahre lang hatte er diese Klänge nicht mehr vernommen, außer im Traum des Heimwehs, und in mancher kleinmütigen und einsamen Stunde daran verzweifelt, daß er sie jemals wieder hören würde. Nun überwältigte ihn die Erfüllung seiner sehnlichsten Wünsche, daß er der Tränen sich nicht erwehren konnte.

Wenn die Seinigen, zumal sein strenger Herr Vater, ihn so gesehen hätten, würden sie wohl den Kopf geschüttelt und gesagt haben, daß der junge Gänserich, der über den Rhein geflogen, als Gigak wieder heimgekehrt sei. Er war von Kind auf wegen seiner nachdenklichen und absonderlichen Gemütsart oft und hart gescholten worden, und der Vater, ein stattlicher und fester Mann, seines Gewerbes ein Tuchhändler und «Wantschneider», hatte sich so manches Mal bitter darüber beklagt, daß man seinen Buben in der Wiege vertauscht und einen mondsüchtigen Prinzen statt des derben Kaufmannssohnes untergeschoben haben müsse. Statt sich mit den anderen Knaben in Feld und Wald und auf den Wällen der alten Feste zu tummeln, liebte er es schon als kleines Kind, sich in einen verborgenen Winkel zu verkriechen, dort seinen Träumen nachzuhängen, oder, als er eben einige Schulweisheit eingezogen, sich in irgendein altes Sagen- oder Liederbuch zu vertiefen, das ihm ein freundlicher Pfaffe aus der Stiftsbücherei geliehen hatte. Da er nun eines Tages das Geschäft des Vaters erben und mit seinem einzigen Bruder, der etliche Jahre jünger war, den Kredit des Hauses Eschenauer erhalten und mehren sollte, bekümmerte sein weltabgewandtes Wesen, die geringe Freude an Geld und Gut und der Hang zu ganz unfruchtbarem Sinnen und Brüten den wackeren Kaufherrn je länger je mehr, zumal er sich sonst über seinen

Gerhard nicht zu beklagen hatte. Denn dieser versah in dem väterlichen Geschäft jeden Dienst, der ihm aufgetragen ward, auf das Pünktlichste, freilich ohne eigenen Trieb und Ehrgeiz, und war auch in allem übrigen ein musterhafter Jüngling und liebevoller Sohn, der mit seinen sanften Sitten und dem ernsten Blick seiner braunen Augen bei allen Freunden und Nachbarn des Hauses wohlgelitten war.

Auch unter seinen Altersgenossen hatte er keinen Feind, und viele, die ihm herzlich zugetan waren. Denn er war kein Spielverderber oder Moralist, drängte seine Weisheit oder die heimliche Geringschätzung so mancher Jugendlustbarkeit niemand auf und hielt sich, wo es darauf ankam, in Schimpf und Ernst seinen Mann zu stehen, so tapfer und unerschrocken, daß man seine beschaulichen Neigungen nicht aus einem Mangel an Mut oder Männlichkeit erklären konnte; sondern, nachdem man sich müde gespottet und gemerkt hatte, wie wenig Eindruck das Höhnen wegen seiner Möncherei und Büchernarrheit auf ihn machte, ließ man ihm diese seine Schwäche hingehen und betrachtete ihn sogar mit heimlichem Respekt ihretwegen. Es kam damals in der Stadt, die von trefflichen Grafen aus dem Isenburg-Limburgischen Hause bevogtet wurde und die ritterlichen Herren aus den benachbarten Burgen und Schlössern oft zu Gast hatte, auch unter der jungen Bürgerschaft ein streitbarer und hochstrebender Sinn in Schwang, also daß die jungen Kaufleute nicht nur ihre Pferde mit silberbeschlagenem Zeug versehen ließen, sondern in zierlicher ritterlicher Kleidung und schönen Waffen viel Aufwand machten, dies alles nicht bloß zum Schein, sondern um in eigenen Turnieren, Ringstechen und Lanzenrennen ihre Kraft und Gewandtheit zu zeigen. Auch hierin stand der junge Gerhard Eschenauer hinter niemand zurück, immerhin mit einer nachlässigen und zerstreuten Manier, so daß ihn keiner der Preise, die er gewonnen, sonderlich zu freuen schien. Und niemals im Getümmel dieser fröhlichen Feste leuchteten seine Augen so hell, als wenn er im Wald oder am buschigen Stromufer lag, ein pergamentenes Büchlein in der Hand, in welchem Lieder der Minnesänger oder Sprüche weiser Meister verzeichnet waren.

Daß diese Gleichgültigkeit gegen alle Weltlust durchaus nicht einer verstohlenen Blödigkeit entsprang, wurde nun eines Tages noch viel deutlicher offenbar, als der wunderliche Geselle sich in das schönste Mädchengesicht der Stadt vergaffte und unverzüglich zuerst bei ihr selbst, dann aber auch bei ihrer Familie um sie warb. Es war dies die sechzehnjährige Tochter eines der angesehensten Bürger, Anselm Rode genannt, in dessen Geschlecht seit Menschengedenken das Schöffenamt erblich war, zu neuen Ehren gebracht durch den jetzigen Träger desselben, der in einem wichtigen Rechtsstreit der adeligen Herren mit der Stadtgemeinde einen unangefochtenen Schiedsspruch getan und insbesondere auch bei dem Grafen Johann, dem gegenwärtigen Herrn und Hüter der Stadt, das größte Ansehen genoß. Da ihm seine eigene Gattin im Wochenbett gestorben war, nach dem Ausspruch der Ärzte nur darum, weil sie zu jung in die Ehe getreten, hatte er sich gelobt, sein Töchterchen Imagina vor dem gleichen Schicksal zu bewahren und vor ihrem vollendeten achtzehnten Jahre sie keinem Gatten zu verbinden. Das Jüngferchen, obwohl es schon zu sechzehn Jahren die Kinderschuhe längst vertreten hatte und mit seiner voll aufgeblühten Gestalt es mancher jungen Frau hätte zuvortun können, war dennoch über den väterlichen Entschluß nicht ungehalten, selbst nachdem sie dem sehr verliebten jungen Gerhard Eschenauer ihr Herz und ihre Treue verlobt hatte. Denn dieses kleine Herz ward von etwas kühlem Blut durchströmt, und nichts auf der weiten Welt schien ihr vorläufig wichtiger und erfreulicher, als das Bewußtsein, daß sie um ihres feinen Madonnengesichts, ihrer schönen Haare von einer leuchtenden Bernsteinfarbe, ihrer zierlichen Hände und Füße willen von alt und jung als ein Wunderbild angegafft wurde und, wo sie erschien, mit einem Lächeln, bei dem sie nicht das geringste dachte, die ernsthaftesten Männer wie die windigsten Gecken bezauberte.

Ihr Vater merkte wohl, wie sein Kind eine gefährliche Straße wandelte, und nichts war ihm erwünschter, als daß gerade der sinnige, ernste Gerhard sich leidenschaftlich um sie bewarb. In seiner Zucht, hoffte er, werde aus dem rings umschmeichelten und umkosten Püppchen eine wackere und pflichttreue Hausfrau werden, abgesehen von dem Wohlstande des Hauses, in welches das junge Weib eintreten sollte. Er gab auch seinerseits seinen Segen zu dieser Verlobung, nur bestand er auf einem Aufschub der Hochzeit um volle zwei Jahre. Und da es nicht wohlgetan erschien, daß die beiden Liebesleute die lange Frist in so großer Nähe durchharren sollten, war Vater Eschenauer auf den Ausweg verfallen, seinen Sohn auf Reisen zu schicken, da er sich für dessen Weltläufigkeit, Erwerbs- und Geschäftssinn viel davon versprach, wenn er in den flandrischen, englischen und nordfranzösischen Handelsplätzen bei den Geschäftsfreunden des Hauses einkehrte und die Macht und den Glanz weitverzweigter Handelsverbindungen würdigen lernte.

Diesem väterlichen Willen hatte der gehorsame Sohn sich ohne alle Einrede gefügt, obwohl es ihm hart ankam, sich von seiner schönen jungen Braut auf so lange Zeit zu trennen. Die bitterliche Entbehrung konnte ihm nicht einmal durch häufige Briefe erleichtert werden, da das junge Kind keine geschickte Schreiberin war, überhaupt keinerlei Künste verstand, als die sich auf den Schmuck und Aufputz ihrer zierlichen Person bezogen. Er selbst schrieb ihr, so oft sich eine sichere Gelegenheit ergab, berichtete ihr von den fremdem Städten und Ländern, die er durchzog, ihren Sitten und Trachten, den wechselnden Abenteuern, die er bestand, und dem immer unwandelbaren Zustande seines eigenen Herzens. Daß er auch im übrigen derselbe blieb und für alle anderen Dinge in der Fremde offenere Augen hatte als für sein eigenes Gewerbe, so daß ihm die großen Teppichwirkereien in Gent und Brügge so wenig ein Wort der Bewunderung ablockten, wie die Magazine der Londoner Tuchhändler, konnte sich Herr Hinrich Eschenauer, wenn er die Briefe des Sohnes seiner guten Frau vorlas, nicht verhehlen. Sie aber, die diesen Sohn immer besonders geliebt hatte, nahm ihn mit seiner Jugend in Schutz und tröstete den Vater, daß es wohl anders kommen werde, wenn er erst ein angesehener Bürger sein und selbst für Weib und Kind zu sorgen haben werde.

Nun war endlich die Wartezeit verstrichen, und der junge Weltwanderer hatte den Tag seiner Heimkehr in einem letzten Briefe den Seinigen angezeigt. Aber von Ungeduld gespornt, war er um eine ganze Tagesreise früher an das Ziel seiner Sehnsüchte gelangt, und da nun auf einmal das Bild des hohen Münsters und die Dächer und Turmzinnen der daneben anfragenden Burg, die er tausendmal in seinen Träumen geschaut, ihn so friedlich in der Abendsonne ansahen, löste sich die lange Spannung seines Gemütes in einem jähen Tränenstrom, dem er eine Weile den Lauf ließ. Als der Nebel vor seinen Augen gewichen war, standen auch die hohen Türme grau und unfestlich in der silbernen Abendluft, und auf einmal überfiel ihn ein wunderliches Bangen, als ob ihn zu Hause nicht alles so glückselig anlachen würde, wie es in der Fremde ihm beständig vorgeschwebt. Mit einem leichten Ruck der Zügel setzte er sein Pferd wieder in Bewegung und legte die letzte Strecke Weges so zögernd zurück, daß er an dem alten Stadttor erst anlangte, als es eben geschlossen und die schwere Zugbrücke emporgewunden werden sollte.

Doch wurde er als ein wohlbekanntes Stadtkind von der Torwacht freundlich begrüßt und ohne weiteres eingelassen. Auch hatte er allen Grund, mit der Aufnahme, die er im Elternhaus fand, zufrieden zu sein. Selbst sein gestrenger Herr Vater, der kein Freund von äußerem Bezeigen seiner Zärtlichkeit war, schloß den wackeren Jüngling, unverständliche Freudenworte murmelnd, in die Arme und weidete seine Augen mit unverhohlenem Stolze an seiner stattlichen Figur und dem offenen, männlichen Antlitz. Die Mutter vollends konnte sich an schüchternen Liebkosungen aller Art nicht ersättigen, während der jüngere Bruder, der den älteren stets mehr beneidet als geliebt hatte, stumm und blaß, da er gerade von einem Fieber genesen war, am Fenster saß und dem Heimgekehrten nur eine welke Hand und einen flüchtigen Blick gönnte.

Nun hätte ihn die Mutter gern sogleich an ihrem Tisch behalten und mit einem reichlichen Nachtmahle gelabt. Er aber, bis über die Stirn errötend, wehrte ihr ab und sagte, daß er keinen Bissen zu genießen vermöge, ehe er seine Braut begrüßt, ja nicht einmal den Reisestaub abzuschütteln könne er übers Herz bringen. Er achtete auch nicht darauf, daß die Mutter dies mit einem seltsamen Schweigen hinnahm, tauchte nur Gesicht und Hände in das fließende Brünnlein hinter dem Hause und stürmte dann in die dunkle Stadt hinaus, wo es um diese Zeit noch lebendig war von allerlei Bürgervolk, das vor den Häusern sitzend den Feierabend genoß oder zu seinem Abendtrunk in eine der vielen Weinschenken schlenderte.

Die Stadt Limburg ist, wie man weiß, auf einem sanft ansteigenden Felsgrund erbaut, auf dessen oberstem Gipfel sich der Dom und das Herrenschloß erhebt, hoch über dem Abhang schwebend, der in senkrecht steilem Niedergang bis an den Strom hinabfällt. Oben aber, dem Friedhof gegenüber, dessen rosenüberblühte Gräber den grauen Sockel des Gotteshauses umgeben, breitete sich schon damals ein freier gepflasterter Platz vor dem Portal des Münsters aus, nach zwei Seiten von den ansehnlichsten Bürgerhäusern eingeschränkt, unter denen der Giebel des Rodeschen Hauses sich am höchsten erhob. Ein breiter Erker, mit kleinen Fensterchen verschlossen, sprang gleich im Erdgeschosse vor und reichte bis in den ersten Stock hinauf, mit seltsamem steinernem Bildwerk verziert, Meerjungfrauen und allerlei Lindwürmern und reißenden Tieren, die einen phantastischen Rahmen bildeten, wenn das schöne Mädchenbild in seinem hellen Haar und sonntäglichem Geschmeide hier am offenen Fenster saß und den vorüberwandelnden Kirchengängern den Anblick seiner lächelnden Schönheit gönnte. So hatte auch Gerhard sie zum ersten Male gesehen, da sie aus dem Kloster, wo sie bei einer Muhme ihrer verstorbenen Mutter bis dahin aufgewachsen war, fast eine Fremde in das väterliche Haus zurückkehrte. Heute stand der kühlen Abendluft wegen kein Fenster offen; doch sah man einen hellen Lichtschein durch das schmale Stabwerk des Erkers hervorglänzen, und Gerhard konnte der Versuchung nicht widerstehen, leise wie ein Dieb sich heranzuschleichen und sich auf den Zehen reckend durch die bleigefaßten runden Scheiben hineinzuspähen.

Da sah er auf einem Ruhebänkchen am Ofen, auf das ein rotes Kissen gelegt war, seine Liebste sitzen, den schlanken, jungen Leib nachlässig gegen die grüne Ofenwand zurückgelehnt, so daß die Haare, die in freien Locken hingen, wie ein weicher Schleier ihre Schultern umgaben. Obwohl es ein Werktag war, trug sie ein reichverziertes Kleid und eine feine goldene Kette um den blanken Hals, dazu nach der Unsitte, die eben erst aufzukommen begann, die milchweiße junge Brust bis zur Hälfte entblößt, wie es ihr Verlobter früher nie an ihr gesehen. Sie war noch größer und völliger geworden in jenen zwei Jahren und die Grübchen in ihren Wangen noch reizender, so oft sie die etwas zu feinen Lippen in Rede oder Lächeln bewegte. Und ein besonderes Wunder erschienen bei ihrem goldhellen Haar die langen, dunklen Augenwimpern, die ihren Blick mit einem geheimnisvollen Helldunkel umschleierten, jetzt zumal wo von einem schwebenden weitausgreifenden Leuchter das Licht dreier Kerzen von oben herniederfloß, ihr kleines Ohr durchleuchtete wie ein Rosenblatt und ein liebliches Spiel wankender Lichter und Schatten über Gesicht und Gestalt des üppig blühenden Menschenbildes warf. Auf ihrem Schoße hatte sie ein winzig kleines, mit zottigen Haaren dicht überhangenes Hündchen ruhen, dem sie mit den weißen Fingerchen leise das Fell kraulte. Vor ihr aber, auf einem niederen Schemel, saß ein junger Gesell mit langem braunem Haarschopf, der ihm bei jeder Bewegung über die niedere Stirn fiel. Sein Gesicht war nicht häßlich, nur durch einen Zug von verwegener Tücke entstellt, den selbst sein galantestes Lächeln nicht ganz zu vermischen vermochte. Auch er liebkoste das Hündchen, doch war es ihm offenbar nur darum zu tun, auf diese Weise mit dem schönen Mädchen handgemein zu werden. Denn sooft er dem Tiere über den Rücken strich, mußte er die weißen Finger streifen, die es sich eine Weile gefallen ließen, plötzlich aber sich erhoben, um den Übermütigen zu strafen auf irgendeine gelinde Art, die einer Ermutigung ähnlicher sah als einer Buße. Während dieses Spiels redete der junge Fant beständig mit halblauter Stimme, wie es schien, von sehr lustigen Sachen; denn das zurückgelehnte Gesicht des Fräuleins funkelte beständig von heller Lustigkeit und nur zuweilen wollten die zarten Brauen sich wie im Unwillen über eine allzu dreiste Rede zusammenziehen, wozu es aber der lachende Mund, der dann all seine blanken Zähne zeigte, nicht kommen ließ.

Sie waren in diese Unterhaltung so vertieft, daß sie es völlig überhörten, wie draußen am Haustor der Klopfer erklang und ein rascher Schritt sich der Erkerstube näherte. Als dann die Tür hastig aufgerissen wurde und plötzlich der dunkle Schatten des Bräutigams auf der Schwelle erschien, machte die unerwartete Störung durchaus nicht eine so lebhafte Wirkung, wie man hätte denken sollen. Der langhaarige junge Mensch blieb sogar ruhig sitzen, während Imagina sich gelassen erhob und das Hündchen sorglich in den linken Arm nahm. Sie war kaum ein wenig röter geworden, trat ihrem Verlobten ohne große Hast entgegen, und während sie ihm das rechte Händchen darreichte, nicht viel anders, als hätte ihre Trennung nur Tag und Nacht gedauert, sagte sie lächelnd: Seid Ihr's wirklich, Gerhard? Ich hatte Euch morgen erst erwartet. Aber es ist hübsch von Euch, daß Ihr Eure Ungeduld nicht länger habt zügeln können. Seht, da ist mein Vetter Reinhart Tilemann, des Stadtschreibers Sohn, der ist vor acht Tagen von der hohen Schule zurückgekehrt. Und hier ist Pilgram, mein Hündchen, das mir der Vater geschenkt, damit ich nicht ganz allein wäre, indessen Ihr die halbe Welt durchstreiftet. Ist er nicht eine herzige Kreatur? Euch macht er noch eine feindselige Miene und knurrt Euch an. Aber wenn Ihr artig mit ihm seid, wird er Euch bald so zutraulich anschauen wie den Vetter Reinhart. Nun? Sagt Ihr mir kein Wort, daß ich inzwischen schöner geworden sei, wie doch die allgemeine Rede geht? Oder seid Ihr gar ungehalten, daß ich mich nicht bleich und mager gehärmt habe, aus schmerzlicher Sehnsucht? Damit hätte ich eine rechte Torheit getan. Nicht wahr, Vetter Reinhart? Kommt und setzt Euch zu uns, und bis der Vater nach Hause kommt, erzählt mir, wie es in Flandern aussieht, was die schönen Frauen dort für Gewänder tragen, und ob Ihr mir auch etwas Hübsches und Kostbares mitgebracht habt.

Während dies neckische Geplauder dem schönen Wesen in heiterem Gleichmut von den Lippen floß, stand Gerhard wie zur Säule erstarrt ihr gegenüber. Ihr Händchen lag so kühl und glatt in seiner Hand, ihre dunkelblauen Augen waren mit so neugieriger Munterkeit auf die seinigen gerichtet – er fragte sich, während er keines Wortes mächtig war, mit tödlicher Angst, ob dies dasselbe Menschenkind sei, nach welchem er zwei lange Jahre im Wachen und Träumen heimverlangt hatte. Als er so seltsam stumm blieb, glitt plötzlich die kleine Hand mit einer unmutigen Gebärde aus der seinigen, die sie nicht festzuhalten strebte, und begann den Kopf des Hündchens zu streicheln, das den Fremden immer noch mit feindlichem Zähnefletschen ankläffte. Der Vetter hatte sich langsam von seinem Sitz erhoben, doch ohne den Gast anders als mit einem schier hochmütigen Kopfnicken zu grüßen. Auch machte er keine Miene, als ob er gehen und dem Bräutigam das Feld räumen wolle, und der Braut schien es ebensowenig darum zu tun, mit ihrem langentbehrten Liebsten allein zu sein. Vielmehr lud sie die beiden jungen Leute ein, nun gemeinsam zu ihren Füßen Platz zu nehmen, und ließ sich selbst, immer das Hündchen im Arm, wieder auf ihrem erhöhten Sitze nieder, Gerhard auf einen zweiten Schemel hinweisend, der in der Erkernische stand. Da schüttelte dieser die Erstarrung ab, die ihn befangen hatte, und erwiderte: es sei ihm leider nicht vergönnt, seinen Herrn Schwiegervater abzuwarten, seine Mutter habe ihm nur kurzen Urlaub gegeben, um sich der Braut als heimgekehrt zu zeigen. Da er sie nun wohlauf und in so trefflicher Laune gefunden, auch in der besten Gesellschaft, die ihr die Zeit wohl verkürzen werde, wolle er für heute die Mutter, die er nur flüchtig umarmt, nicht länger warten lassen und werde sich morgen bei schicklicher Zeit wieder einfinden, wo er dann auch die Andenken von seiner Reise, die er seiner Liebsten zugedacht, nicht wie heute im Mantelsack stecken lassen werde.

Hiermit verneigte er sich steif und förmlich vor dem sehr erstaunten Kinde, das eines solchen Tones von seinem zärtlichen Liebhaber sich nicht versehen hatte, und verließ, ohne den Vetter eines Blickes zu würdigen, mit hastigen Schritten das Gemach.

Draußen aber, als er in die nächste dunkle Gasse eingebogen war, mußte er stille stehen und sich an die Mauer lehnen, da er am ganzen Leibe so heftig zitterte, als ob er einen Stoß mit stumpfer Lanze gerade gegen das Herz erhalten hätte. Zudem schien es ihm immer noch unmöglich, daß sie ihm nicht nachstürzen, den kaltherzigen Empfang entschuldigen und ihn mit zärtlicher Gewalt ins Haus zurückführen sollte. In der Tat hatte sie dergleichen im Sinn; aber der Spott des Vetters über den hölzernen Bräutigam und sein Rat, ihn kurz zu halten, um wenigstens einen gehorsamen Ehemann aus ihm zu erziehen, hielt sie im Zimmer zurück, obwohl ihr bei dem Handel nicht ganz geheuer war. Indessen dachte sie, morgen am hellen Tage den Spuk zu bannen, und vertraute auf ihre Macht, mit einigen Liebkosungen wie vor Zeiten jede trübsinnige Anwandlung aus der Seele ihres Bräutigams zu verscheuchen. Als daher Gerhard noch einmal, obwohl heimlich knirschend über seine Schwäche, zu dem Erkerfenster zurückschlich, sah er das junge weiße Gesicht wieder von derselben Heiterkeit glänzen wie zuvor, nur daß der Vetter jetzt neben ihr stand und eine Strähne ihres Haares spielend durch die Finger gleiten ließ.

Bei diesem Anblick verstummte die Stimme in seinem Innern, die das schöne Geschöpf hatte entschuldigen wollen: die Gegenwart eines Dritten habe ihr Zwang angetan, und was als leichtherzige Gleichgültigkeit erschienen, sei nichts gewesen als jungfräuliche Scheu, ihrem Verlobtem vor fremden Augen sich an den Hals zu werfen. Alle die eitlen Worte, mit denen sie ihn empfangen, rief er sich wieder zurück und mußte sich mit bitterem Kummer gestehen, daß kein Herz daraus gesprochen, nur ein tönendes Erz und eine klingende Schelle. So floh er, da er Schritte vernahm, mit einem dumpfen Seufzer von ihrem Hause hinweg, konnte es aber nicht über sich gewinnen, schon zu den Eltern heimzukehren, sondern strich, den Hut tief in die Stirn gedrückt, durch die ödesten Gäßchen ruhelos auf und ab, nach dem Fluß hinunter, an der steinernen Brücke vorbei und wieder in die Stadt hinauf, bis er nach einer Stunde ziellosen Schweifens ruhig genug zu sein glaubte, um den Seinigen unter die Augen treten zu können.

Er fand sie noch beisammen und mußte sich Gewalt antun, nachdem er sich entschuldigt, daß er so lang im Hause der Braut verweilt, an dem Mahle teilzunehmen, das die Mutter mit sorgender Liebe reichlicher als sonst gerüstet hatte. Daß er nur wenig aß, schob er auf die Übermüdung durch den langen Ritt und begehrte bald zu Bett zu gehen. Auch hatte sein Vater kein Arg an seinem zerstreuten, hastigen Wesen. Die Mutter aber, da er sich gute Nacht wünschend zurückgezogen hatte, schlich ihm auf seine Kammer nach und wußte ihm ein halbes Geständnis zu entlocken, daß das Wiedersehen mit seiner Liebsten nicht, wie er sich's geträumt, von statten gegangen sei. Sie tröstete ihn aber, so gut sie konnte. Das junge Kind sei ohne mütterliche Zucht und Hut aufgewachsen und durch ein schmeichlerisches Gesinde und törichte Verwandte, die ihrem Vater damit zu gefallen dächten, verhätschelt und verwöhnt worden. Doch vertraue sie, daß ein rechter Mann noch ein frommes und demütiges Weib an ihr gewinnen könne, zumal sie selbst, wenn sie als Schwiegerin erst einige Macht besäße, redlich dazu mithelfen wolle.

Als sie so eine Weile in ihn hineingeredet und ihn ein wenig beschwichtigt zu haben glaubte, ließ sie ihn allein und hörte auch wirklich, da sie nach einer Stunde zu seiner Kammertür zurückschlich, an seinen friedlichen Atemzügen, daß der Streit in seinem Busen zur Ruhe gekommen war. Hierzu hatte am meisten ein hingeworfenes Wort geholfen: daß sie damals, da sie sich ihm verlobt, noch schwerlich gewußt, was Liebe sei, und es nun erst lernen werde, wenn er selbst die Mühe, ihr Herz zu erwecken, sich nicht verdrießen lasse.

Mit diesem Entschlusse und zugleich das reizende Bild vor Augen, das ihm trotz all seines Unmutes begehrenswerter als je erschienen war, schlief er zeitig ein und erwachte am späten Morgen in leidlicher Stimmung, die freilich nicht lange vorhielt. Denn es erging ihm wie so manchem, der nach langer Abwesenheit eine geliebte Heimat mit verwandelten Augen betrachtet. Nicht nur das eigene Haus schien ihm eng und düster, auch die Gesichter der Nachbarn, die sich einfanden, um ihn zu begrüßen, musterte er mit schärferem Blick und fand einen engen, zahmen und krämerhaften Zug, der ihm früher entgangen war. Zwei seiner vertrautesten Jugendgefährten stürmten seine Tür und schüttelten ihm in alter Zutraulichkeit die Hände. Doch in kurzem, da die erste Freude des Wiedersehens verflogen war und das Gespräch über Stadtgeschichten und Tagesneuigkeiten erging, fühlte der Heimgekehrte, daß er dieser kleinen Welt durch seinen Ausblick in eine größere und freiere entfremdet war. Die Abenteuer, die seine alten Genossen wichtig nahmen, erschienen ihm herzlich schal und unersprießlich, ihre Ansichten vom Glück des Lebens, die ihn schon früher wenig erbaut, fand er jetzt so kümmerlich, ihre Wünsche und Ziele so armselig, daß er bald nur mit einsilbigen Lauten ihre Reden begleitete und sich erleichtert fühlte, als sie ihn endlich verließen, um ihren eigenen Angelegenheiten nachzugehen.

Diese Erkenntnis hatte ihn traurig gemacht, und er war froh, mit den Seinigen zum Gottesdienst zu gehen, wo er ein paar Stunden in dem feierlichen Raum der alten Stiftskirche sein vielbewegtes Gemüt sammeln durfte. Er erblickte da, wo die Frauen saßen, auch seine Braut, deren andächtige Miene sie ihm fast so kindlich und unverfälscht wieder erscheinen ließ, wie sie ihm vor zwei Jahren das Herz gewonnen hatte. Als sie dann vor dem Portal zusammentrafen, begrüßte ihn ihr Vater, der Herr Rode, mit würdiger Zurückhaltung, doch unverstellter Herzlichkeit und lud ihn ein, am Nachmittag ihn und seine Tochter nach einem nahen Dorf oberhalb am Flusse zu begleiten, wo heute Kirchweih gehalten werde. Er selbst sei fast verpflichtet, daran teilzunehmen, da er dort einen kleinen Hof und Äcker und Weinberge besitze. Gerhard, von einem freundlichen Blick seiner Liebsten ermuntert, sagte mit Freuden zu, konnte aber doch, als er sich am Haustor von dem schönen Kinde verabschiedete, sich nicht erwehren, ihr zuzuraunen: er hoffe, der Vetter werde nicht auch von der Partie sein, da er nach so langer Trennung wohl verlangen könne, daß kein unberufener Dritter sich zwischen sie dränge. – Nicht einmal das Hündchen soll zwischen uns stehen, hatte sie mit einem halb schalkhaften, halb verlegenen Lächeln erwidert, obwohl Pilgram es sehr übel nimmt, wenn er sonntags allein zu Hause bleiben soll. Ihr aber, wie ich sehe, fangt zeitig an, den Herrn und Gebieter zu spielen. Da muß ein armes Weib sich beizeiten ergeben lernen.

Er wußte nicht, ob er diese Worte für einen stillen Hohn oder den Beginn einer besseren Erkenntnis nehmen sollte. Doch hatte ihn ihre Schönheit wieder so ganz bezaubert, daß er die festgesetzte Stunde kaum erwarten konnte. Wirklich fand er sie allein, ohne den Verhaßten, über den er am Morgen von seinen Freunden genug Unliebsames vernommen, um ihm auch ohne den besonderen Anlaß nicht eben grün zu sein. Sie kam ihm immer noch mit einiger Kühle entgegen, doch liebreicher, als am Abend vorher, und als er die schönen Kleinodien, die er in Flandern und England für sie gekauft, eins nach dem andern aus dem Schächtelchen nahm und ihr in den Schoß legte, sah er mit Vergnügen die kindische Freudenglut, die ihr im Gesicht entbrannte, und fühlte plötzlich mit seligem Schauer ihre weichen Arme um seinen Hals und die zarten jungen Lippen auf seinem Munde.

Das Glück dieses herzlichen Wiederfindens wurde aber bald gestört, indem der Vater Imaginas an die Tür pochte und hereinrief, ob das junge Paar zum Spaziergange bereit sei. Er stand draußen mit einem seiner Freunde vom Rat, den er sich zugesellt hatte, da er wohl dachte, daß seine eigene Unterhaltung gering sein würde, wenn er allein mit den beiden Verlobten den langen Nachmittag verbringen sollte. So gingen die beiden stattlichen alten Herren vorauf, und in ziemlicher Entfernung folgten ihnen die zwei Liebesleute, nicht Arm in Arm oder Hand in Hand verschlingend, was zu jener Zeit nicht der Brauch war, sondern als sie, vor die Stadt gelangt, nun an dem einsameren Flußufer hinwandelten, nur gelegentlich einmal mit den Ellbogen sich anrührend oder Schulter an Schulter lehnend. Doch auch dies vermied der Bräutigam, nachdem sie nur eine mäßige Strecke zurückgelegt hatten. Denn er glaubte wahrzunehmen, daß seine Liebste, selbst wenn sie sich mit einer zärtlichen Gebärde an ihn schmiegte, nicht versäumte, nach den Leuten zu schielen, die an ihnen vorübergingen, ob sie ihr auch den gebührenden Zoll der Bewunderung entrichteten und, wenn es junge Gesellen waren, den beneideten, dem ihre schöne Gestalt sich so traulich zuneigte. Wieder überkam ihn ein unseliges Gefühl, und die ihm die Nächste und Liebste sein sollte, wurde ihm plötzlich entfremdet und entrückt, so daß ihm war, als gingen sie durch einen tiefen Abgrund und geschieden nebeneinander her und ein kalter Nebel steige aus der Tiefe herauf und mache ihm das Blut gefrieren. Sie bemerkte es wohl, daß er plötzlich ernst und schweigsam wurde, und suchte mit Scherzreden ihn aufzumuntern, fragte ihn, ob er in London die neuen englischen Tänze gelernt habe und ob er heut auf der Kirchweih mit ihr tanzen werde. – Er habe alles Tanzen verschworen, entgegnete er mit düsterem Gesicht, seit er im vorigen Sommer zu Köln am Rhein die entsetzliche Heimsuchung der Menschheit durch den Teufel miterlebt, die man die Tanzwut genannt habe. Zwei gegen einen hätten da die armen Besessenen auf einer und derselben Stelle getanzt und in wilden Verzerrungen gerast, oft einen halben Tag lang ohne Aufhören, bis sie wie unsinnig niedergefallen seien. Dann aber hätten sie begehrt, daß man sie mit Füßen treten solle, und seien jählings wieder aufgesprungen, das Tanzen fortzusetzen; oder sie hätten geschrien, daß sie nun genesen seien, und Geld von den Umstehenden erbettelt. Die ganze Stadt und viele andere Städte und Flecken den Rhein und die Mosel hinab seien voll gewesen von diesem gotteslästerlichen Unfug, und die Laster und Greuel, die damit Hand in Hand gegangen, könne kein ehrbarer Mund wiedererzählen. Seitdem, so oft er an Tanzen gedenke, ständen ihm jene Gespenster vor Augen und sträubte sich ihm das Haar.

Hierauf lachte Imagina und sagte, sie könne nicht glauben, daß bei einer so lustigen Kunst, die selbst König David nicht verachtet, da er vor der Bundeslade tanzend einhergeschritten, der Teufel mit im Spiel sein könne, und sie wenigstens werde diesem Vergnügen, das ihr über alles gehe, nicht darum entsagen, weil einige törichte Menschen Mißbrauch damit getrieben. Hierauf erwiderte Gerhard nichts, seufzte nur heimlich in schweren Gedanken, da er sich dessen erinnerte, was seine Mutter ihm zum Troste gesagt, und sich wohl fragte, ob es ihm gelingen werde, in diesen leichtsinnigen Mädchenkopf so viel ernsthafte Gedanken zu pflanzen, wie die Frau haben müsse, mit der er sein Leben teilen solle. Sie aber plauderte unbekümmert fort, und da sie an die Stätten kamen, wo vor zwei Jahren, bald nachdem er seine Reise angetreten, die große Flut gewesen, da die Lahn nach einem Schneefall, der wochenlang gewährt, mit wütender Gewalt über ihre Ufer gebraust war, zeigte sie ihm die Spuren jener Verwüstung und nannte ihm die Namen all der Leute, denen das reißende Wasser ihre Mühlen zertrümmert, ihre Gärten zerwühlt, Hütten und Ställe mit all ihrer toten und lebenden Habe an Gerät und Vieh hinweggeführt hatte. Dies alles mit so gleichmütiger Stimme und Miene, wie wenn einer nach einem lustigen Gelage berichtet, wieviel Teller und Krüge im Getümmel des Rausches in Scherben gegangen seien. Sie selbst hatte das Unheil, das fünf Tage und Nächte gewütet, aus einem sicheren Fenster der Burg wie ein Schauspiel betrachtet, und während ihr eigener Vater nebst den anderen Bürgern oft mit Lebensgefahr der Not zu steuern sich bemüht, kaum eine Regung des Mitgefühls empfunden. Ja, sie konnte mit lachendem Munde erzählen, wie ein langer spinnenbeiniger Mensch, der nichts am Leibe gehabt als ein paar grüner Hosen, völlig wie ein Laubfrosch von Balken zu Balken, von Kahn zu Kahn gesprungen sei, um dies oder jenes Hausgerät zu bergen, und wie er zuletzt, da er eine im Strudel hintreibende Wiege erfaßt und schwimmend habe ans Ufer retten wollen, mitsamt dem umschlagenden Schaukelbettchen in den eisigen Wellen verschwunden sei.

Ob die Wiege leer gewesen? fragte Gerhard. Sie wisse es nicht, erwiderte die Braut mit gleichmütiger Stimme. Doch seien freilich auch etliche Kinder in der Hochflut umgekommen. Der Müller selbst, der am Fuß des Burgberges gewohnt, habe zwei verloren und sich deshalb nicht ein Herz fassen können, sein zerschelltes Haus wieder aufzubauen. Auch ein ganzer Stall mit Hühnern und Gänsen sei auf einer Erdscholle den Fluß herabgeschwommen, und man habe vor dem Geschrei und Geschnatter des ängstlichen Gevögels selbst oben auf der Burg sein eigen Wort nicht verstehen können.

Hierauf schwiegen sie beide, und wie der Bräutigam seine Augen über das sonnige Gelände schweifen ließ, durch welches der Fluß jetzt so glatt und blank dahinströmte, als ob er niemals Unheil gestiftet hätte, konnte er sich nicht enthalten daran zu denken, daß auch der Lebensstrom, der die jungen Glieder des schönen Mädchens an seiner Seite durchflutete, von dem gleichen kühlen Wesen sei, das in Freud' und Leid nur vom Hauch des Windes regiert und nur im Sonnenlicht fröhlicher erwärmt werde, im Grunde aber ein kaltes und unseliges Element bleibe.

Auch hätte er vielleicht schon heute ihr zu erkennen gegeben, wie gottverlassen und traurig ihm ihre Sinnesart erschien, wenn nicht die alten Herren sich zu ihnen gewendet und sie in ein scherzendes Gespräch verwickelt hätten. Sie waren überdies ganz nahe an das Dorf herangekommen, das hinter einem Hügel versteckt erst sichtbar wurde, wenn man die Krümmung der Straße hinter sich hatte. Wenige Hütten lagen da im Buschwerk zerstreut um ein geringes Kirchlein herum, das, dem heiligen Florian geweiht, an diesem Maitage das Fest seines Patronus feierte. Weil nun diese Kirchweih eine der frühesten im Jahre war und einem Heiligen galt, den in Ehren und bei guter Laune zu halten schon damals allen frommen Christen am Herzen lag, so fand sich in diesem unansehnlichen Dorf alljährlich ein großer Menschenschwarm zusammen, und da die Bänke und Schemel, die der Schenkwirt vorsorglich herbeigeschafft, bald völlig besetzt waren, schwoll das Festgewimmel an den Rasenabhängen der nahen Hügel hinan, daß man weit und breit die Flur von bunten Gewändern, wehenden Federbüschen und rotglühenden Gesichtern schimmern sah.

Herr Anselm Rode mit seiner Gesellschaft, wie er auf dem Platz vor dem Wirtshäuschen erschien, erregte sofort das Aufsehen, das seiner Stellung in der Stadt und beim Grafen selbst gebührte. Heute machte man ihm um so ehrerbietiger Platz, da er mit seiner vielbewunderten jungen Tochter und deren Verlobtem daherkam, und er hatte nur immer nach rechts und links abzuwehren, da man von allen Seiten an den Tischen zusammenrückte und ihm die kühlsten und behaglichsten Plätze antrug. Auch Gerhard wurde von seinen alten Gesellen viel umdrängt und mußte aus manchem Kruge Bescheid tun, so daß es ihm leichter ward, die tiefe bange Verstimmung, die in ihm aufgegoren, zu unterdrücken. Er hatte sich etwas abseits von seinen Leuten zu einem seiner liebsten Jugendfreunde gesetzt, horchte aber auf dessen halblaute Rede in völliger Geistesabwesenheit, wie ihm auch die tollen Späße des Narren und die halsbrechenden Kunststücke des Gauklers, die auf einem niederen Gerüst die Menge erlustigten, nicht das leiseste Lächeln ablockten. Seine Braut saß von einigen jungen Gecken umgeben, in ihrer strahlenden Schönheit seelenvergnügt neben dem Vater und schien fast vergessen zu haben, daß sie einem in dieser Menge vor allem angehören sollte.

Da erklang plötzlich eine wundersame Musik, ein gedämpftes Saitenspiel, das von einer Geige herzurühren schien, aber sanfter und glockenheller war, als jemals eine Fiedel auf einer Dorfkirchweih getönt hatte. Der Ton schien aus der hohen Luft herüberzuwehen, und seine überirdische Lieblichkeit ergriff alle Hörer so unwiderstehlich, daß auf einmal der Lärm der vielen hundert Stimmen, ja selbst das Summen der leiseren Gespräche verstummte und aller Augen sich dahin richteten, wo die Quelle dieses Wohllautes entsprang. Nun gewahrte man auch, daß der Geigende im Wipfel einer Linde saß, deren eben aufgebrochenes hellgrünes Laub seine Gestalt noch nicht völlig verbergen konnte. Was er spielte, war ein Reigentanz von mäßig bewegtem Gang und Takt, die einzelnen Töne leicht ineinandergeschleift, wie wenn der Wind einen fernen Gesang an das Ohr des Lauschenden trägt. Niemand hatte diese Weise je vernommen; doch schien sie jedem so vertraut und mit seiner eigenen Seele in stillem Einverständnis, als wache ein Ammenlied aus längst verschollener Zeit wieder auf und durchdringe Ohr und Gemüt mit dem süßesten Zauber. Auch währte es nicht lange, so hörte man hie und da ein Echo jener Melodie aus der horchenden Menge auftauchen, dann erhoben sich einige paarweis, faßten sich an den Händen und begannen nach dem schwebenden Takt der Musik sich hin und her zu schwingen, ohne Verabredung oder sichtbare Mühe einen neuen Reigen durchführend, der wie das verkörperte Bild jener Töne von jedem verstanden wurde. Als dies eine Weile gewährt hatte unter lautloser Stille, bis auf das heimliche Mitsummen der Tanzweise, hörte man plötzlich aus dem Lindenwipfel herab eine tiefe und doch klare Mannesstimme, die nach der Melodie des Reigens, während die Geige mit gedämpften Saiten sie begleitete, folgende Strophe sang:

Wie mochte je mir wohler sein?
In Lieb' ergrünt das Herze mein,
Mein Mut sich tut erneuen.
Mein holdes Lieb, des habe Dank
Und nimmer wank
Von herzelicher Treuen!

Hierauf erklang das Geigenspiel mit stärkerem Ton wieder eine Weile allein, die einfache Melodie mit allerlei krausen Figuren und fast übermütig jauchzenden Trillern und Läufen umrankend, bis sie sich wieder ihrer eigenen Tanzlust ersättigt zu haben schien und die Menschenstimme in ihrer stilleren Kraft und Innigkeit zu Wort kommen ließ:

Ach ich, ich will dir allezeit
In Frühlingslust und Winterleid
In ganzer Treue leben.
Mein holdes Lieb, so nimm mich hin!
Mein Herz und Sinn
Ist einig dir ergeben.

Dieser Wechsel von Saitenspiel und Gesang wiederholte sich noch zwei- oder dreimal, doch sind die weiteren Strophen nicht aufbewahrt worden. Alle aber, die damals um die Linde geschart hinaufhorchten, gerieten nach und nach in eine Art seliger Verzückung, daß sie wie gebannt die ganze Nacht hindurch hätten lauschen mögen, und da es endlich mit einigen sanften Geigenstrichen zu Ende ging, allen zumute war, wie wenn über den Mond, der eine freundliche Gegend beschienen hat, plötzlich eine graue Wolke zieht. Geschah dies nun selbst an den gröber Genaturten unter der Menge, so daß sie eine Weile wie sich selbst entfremdet vor sich hinstarrten und, da die Schnurren und Schwänke der Possenreißer wieder anhoben, kaum mit halbem Auge nach ihnen blicken mochten, so war Gerhard Eschenauer vollends wie verzaubert und wurde aus seinem Sinnen und Träumen erst aufgeweckt, als der Schenkwirt mit einer frischen Kanne Weins an den Tisch der Herren trat und Herrn Anselm Rode fragte, ob es das erste Mal sei, daß er den Bruder Siechentrost habe spielen und singen hören. Da horchte Gerhard hoch auf, winkte den Wirt zu sich heran und befragte ihn, wer der Spielmann sei und woher er den seltsamen Namen erhalten. Auch Imagina hatte sich neben ihn gesetzt und wunderte sich im stillen, daß ihr Liebster ihre kleine Hand, die sich dicht neben die seine auf die Bank gelegt, nicht heimlich ergriff und liebkoste. Sie empfand eine Art Eifersucht auf den Musikanten, über dessen Kunst sie selbst gänzlich vergessen wurde. Ein merkwürdiger Gesell sei es, erzählte der Wirt, von dem man nur so viel wisse, daß er im Jahre 1336, als zum zweiten Male das große Sterben die deutschen Lande überfallen, in ein Barfüßerkloster am Rhein eingetreten und dort neun Jahre lang verblieben sei. Wie dann aber die schreckliche Heimsuchung zum dritten Male zurückgekehrt, habe er plötzlich das Kloster verlassen und sich dem Dienst der armen Pestkranken gewidmet, die ja, wie bekannt, von jedermann verlassen, in enge Siechenhäuser zusammengepfercht oder in öde Hütten auf unfruchtbarem Feld verbannt an allem Trost des Lebens und der Seele Mangel gelitten und jämmerlich zugrunde gegangen seien. Denen habe er nun, so gut er konnte, Beistand geleistet in ihrer Schwäche und Qual, die Verschmachtenden gelabt, die Sterbenden mit geistlicher Wegzehrung versehen, und wenn einer oder der andere genas, ihre Gemüter mit freundlichem Gespräch aufgerichtet, so daß sie an das Leben wieder glauben lernten. Schon damals habe er seine Geige mit sich geführt und mitten in allem Elende der entsetzten Krankheit so lieblich ertönen lassen, daß die Gemarterten schier eine Himmelsstimme zu hören glaubten, die ihnen zurief, auszuharren und auf die ewigen Freuden zu hoffen, die der Gottgläubigen warteten. Er selbst sei von der Seuche nicht ergriffen worden, obwohl er die niedrigsten Dienste nicht gescheut und, nachdem er den Lebenden beigestanden, die Toten habe in die Erde betten helfen. Dennoch, weil er die vielen Wochen hindurch einzig unter den Unreinen und «Ausgezählten» gelebt, habe auch er für unrein gegolten, und nachdem die Pestilenz endlich gewichen und die wenigen, die ihr entronnen, in ihr Haus und zu ihrem Gewerbe zurückgekehrt seien, habe nur er selbst keine Stätte mehr gefunden, wo man ihn hätte aufnehmen und dulden wollen. Wo er sich nur von fern gezeigt, sei ein Geschrei erhoben worden, als ob ein Scheuel und Greuel sich am hellen Tage blicken lasse. Man habe ihm ganz wie einem Aussätzigen die notdürftige Nahrung nur an einem Stecken gereicht oder über den Zaun geworfen, auch nicht gelitten, daß er – selbst in harter Winterszeit – unter einem warmen Dache an einem wirtlichen Herde Rast mache; sondern auf freiem Felde in verlassenen Vogelhütten oder Holzschuppen habe er nächtigen müssen und nicht einmal ferner in der Kutte bleiben dürfen, in der er so vielen seiner Mitbrüder Hilfe gespendet, sondern er habe die Kleidung anlegen müssen, die damals für alle Leprosen vorgeschrieben war: den langen grauen Kittel mit Glöckchen behängt, damit auch ein Blinder schon von weitem erkennen möchte, daß ein Unreiner sich ihm nähere, das Tuch ums Haupt, welches «Sorgentüchlein» genannt wurde, und den langen Stab mit dem Lederbeutel, in welchen die milden Gaben gelegt werden konnten, ohne die Hand des Gemiedenen zu berühren. Hierzu habe er sich wohl entschließen müssen, da auch die Pforten seines Klosters ihm nicht wieder aufgetan wurden. Aber wundersam sei es gewesen, daß dieser Lohn der Welt, den er so bitter zu schmecken bekam, sein Gemüt nicht vergällt habe. Vielmehr habe er sich nun erst recht hervorgetan als ein trefflicher Sänger und Geiger und habe die besten Lieder und Reigen von der Welt gemacht, als ob er das vergnüglichste Leben führte und sich über nichts zu beklagen hätte. Vor allem sei er lange an den schönen Ufern des Mainstroms auf und ab gezogen, von den Leuten zugleich gemieden und gesucht, da alle Lustbarkeit, wenn er aus der Ferne seine Weisen hineinmischte, feiner und anmutiger wurde und weit seltener als sonst selbst die Feste des geringen Volks und der Bauernschaft mit blutigen Köpfen und zerschlagenen Gliedern endeten. Was er aber sang, das sangen alsbald alle anderen Leute, und alles fahrende Volk merkte auf die Melodien, die er erfunden hatte, und pfiff und geigte sie ihm nach, so daß ihm niemand am ganzen Main und Rhein in der fröhlichen Kunst gleichen mochte. Nun habe er den letzten Winter auf einer unfruchtbaren, versandeten Insel in der Lahn dicht am Stadtringe und doch in großer Verlassenheit zugebracht, und erst seit das junge Jahr angebrochen, sei er wieder hervorgekrochen, um auf den Dörfern rings umher sich ein kümmerliches Geldlein zu ersingen.

Die Leute hier in der Gegend seien nicht arm, aber die Überschwemmung habe so arg gehaust, daß jeder das Seinige zu Rate halte und fahrenden Spielleuten nur die schäbigsten Pfennige gönne.

Der Wirt hatte eben ausgeredet, da begann der Lindenwipfel wieder zu klingen und zu singen, diesmal aus einem wehmütigeren Ton, und die Worte lauteten folgendermaßen:

> *Mai, Mai, Mai,*
> *Die wonnigliche Zeit,*
> *Gibt Freuden weit und breit.*
> *Nur ich allein, wer meinte das?*
> *Für Treu' muß ernten Haß,*
> *Für Liebe Leid,*
> *O weh, wie ist mir aller Trost so weit!*

Diesmal war der Gesang nicht so hell und deutlich, daß ein jedes Wort weit umher verstanden werden konnte. Es klang vielmehr wie ein Selbstgespräch, das der Einsame in den Zweigen droben nur zu seiner eignen Erleichterung laut werden ließ. Da stand Gerhard Eschenauer auf und machte Miene, sich der Linde zu nähern, um dem Liede besser folgen zu können, und zugleich hatte sich seine Verlobte erhoben und seine Hand gefaßt. Es war ihr nicht sowohl an dem Gesang gelegen, als daß sie es unwillig ertrug, daß ihr Bräutigam vor allem Volk sich von ihr wegwandte, um einem Spielmann nachzugehen. Also schritten sie miteinander durch die Reihen der horchenden Kirchweihgäste und näherten sich dem Baume, um den herum sich ein festgeschlossener Kreis gebildet hatte, weit genug von Stamm und Zweigen entfernt, daß die Nähe des Gemiedenen keinen Schaden stiften konnte. Gerhard aber trat ohne sich zu besinnen in die leere Mitte hinein und hätte sich dicht an den Stamm gestellt, wenn Imaginas Hände ihn nicht flehend zurückgehalten hätten. Nun erst konnte er ganz innewerden, mit wie herzlich rührendem Klang jene Stimme aus der Höhe sich herabschwang. Er sah droben auf einem breiten Ast, der sich mit dem Hauptstamm gabelte, eine graue Mannsgestalt, deren Füße auf einem vorstehenden Zweige ruhten. Vom Gesicht war nichts zu erkennen, außer daß ein grauer Bart bis über die Brust herabhing und der Kopf mit dem Sorgentüchlein umwunden leicht zur Seite geneigt auf dem Ende eines kleinen schwarzen Saitenspiels ruhte, das die lautersten Klagetöne von sich gab. Zum Schluß aber ging der Gesang in eine hellere Tonart über, und man konnte förmlich hören, wie die Brust leichter atmete, als ihr die letzten Worte entströmten.

Mai, Mai, Mai,
Die wonnigliche Zeit,
Hat mir auch Trost bereit,
Und trag' ich selbst an Sorgen schwer,
Ich schaue rings umher
Wie's Blüten schneit,
Und preise Gott, der andere Wonne beut.

Hierauf fing die Geige einen neuen, gar lustigen Tanzreigen an, so daß die Zuhörer im Kreise nicht lange auf einem Fleck blieben, sondern jeder die Seine bei der Hand fassend sie frisch herumzuschwingen begann. Auch in Imaginas Händchen zuckte es, und sie schien mit einem leisen Wink ihrer schönen Augen Gerhard aufzufordern, daß er dem Beispiel der übrigen folgen möchte. Seine Augen und Gedanken aber hingen fest an dem grauen Manne droben im Wipfel, und er merkte es nicht einmal, als sie seine Hand unmutig fahren ließ und sich mit einem Seufzer von ihm abwandte. Da hörte die Musik plötzlich auf. Eine lange Stange, an welcher ein ledernes Säckchen befestigt war, schob sich sacht zwischen den lichten Zweigen herab und gerade zwischen das Paar, das dem Stamme zunächst stand. Doch als ob eine giftige Schlange aus dem Baumwipfel nach ihr gezüngelt hätte, fuhr die Braut mit einem lauten Schrei zusammen, stieß mit dem Ellenbogen die schwankende Gerte fort, daß das Säckchen sich umschwang und seinen dürftigen Inhalt an Kupfermünzen klirrend im Grase verstreute, und drängte sich, ohne auf Gerhards Bitten und Ermahnungen zu achten, mit schreckensbleichen Wangen durch das Gewühl hindurch nach dem Platz, wo sie ihren Vater mit seinem Freunde verlassen hatten.

Der junge Mann stand unbeweglich und sah ihr mit tieferglühtem Gesichte nach, heimlich die Faust ballend und ein bitteres Wort zwischen den Zähnen murmelnd. Dann bückte er sich, um das entrollte Geld wieder zu sammeln, besann sich aber eines Besseren, und zog den Beutel aus seinem Wams, aus dem er zwei blanke Goldstücke nahm, die legte er in das Säcklein, sah zu dem Spielmann hinauf, lüpfte mit einer ehrerbietigen Gebärde den Hut, und ihn freundlich nach oben schwenkend und mit dem Haupte dazu nickend, wandte er sich nun seinerseits ab und verlor sich unter dem erstaunt ihn umgaffenden Volke.

Es war ihm aber so wunderlich zumut, daß er es nicht über sich gewinnen konnte, zu seiner Gesellschaft zurückzukehren und gleichgültige Worte zu wechseln, auch nicht den Weg nach der Stadt einzuschlagen, da er die forschenden Augen seiner Mutter und ihre Frage, wo er denn die Braut gelassen, nicht ertragen hätte. Als ihm daher jener Freund in den Weg kam, der über sein Fernbleiben stutzig geworden war, trug er ihm seine Entschuldigung an den Schwiegervater auf, daß er sich wegen eines plötzlichen Unwohlseins ihnen auf dem Heimweg nicht anschließen könne, und indem er seinen alten Gesellen mit so eigenen Augen anblickte, daß der im Ernst glaubte, ein Fieber sei bei dem Freund im Anzuge, machte er sich hastig von ihm los und eilte von der belebten Stätte hinweg in die einsameren Busch- und Heckenwege, die zwischen den niederen Anhöhen sich hinzogen.

Sobald er allein war, begann es in seinem Innern zu singen und zu klingen, und die Worte und Weisen, die er kürzlich vernommen, wachten in ihm auf und durchwogten ihn wie ein starker Strom, der allen Werkeltagsstaub und -kehricht mit fortspülte und ihn so rein und festlich stimmte, daß er selbst die Scham und den Kummer über seine getäusche Liebeshoffnung vergaß. An der heimlichsten Stelle, mitten in einem jungen Hainbuchenwäldchen hatte er sich ins Gras geworfen, die Arme unter dem Kopf verschränkt, die Augen geschlossen. Da lag er ganz still, von den Vogelstimmen ringsum in seinem Sinnen nicht gestört, und dachte beständig daran, welch eine Macht es doch sein müsse, die dem ausgestoßenen und von allen Menschen gemiedenen Manne gleichwohl zu so tiefem Frieden verhelfe, daß seine einsame Seele in lauter Wohllaut sich auflöse und er zu den Festen der Glücklichen, die sich weit über ihn erhaben dünkten, das Beste und Erquicklichste beisteuern könne, unbeirrt von dem Undank und der Verachtung, die trotz alledem sein Teil bleibe. Wenn er damit sein eigenes Los verglich, wie er alles besaß, was für begehrens- und beneidenswert galt, und dennoch ein heftiges Ungenügen, ja einen tödlichen Schmerz an seinem Herzen nagen fühlte, geriet er in ein tiefes Staunen über die Rätsel dieses Menschenlebens, und wie wenn er eherne Reifen um seine Brust hätte sprengen wollen, atmete er gewaltsam auf und biß die Zähne zusammen, daß es jeden erbarmt hätte, der zufällig des Weges gekommen und des blühenden Jünglings, der sich in geheimer Qual verzehrte, gewahr worden wäre.

Auf einmal aber tauchte ein Gedanke in ihm auf, der den wühlenden Streit seiner Gefühle wie mit einem Zaubersegen beschwichtigte. Er lag nun wohl noch eine Stunde lang, mit ganz stiller Miene, die Augen nach den Zweigen über sich gekehrt, durch welche nach und nach die Sterne immer leuchtender hervortraten. Der Vogelsang war längst verstummt, von der Straße am Flusse drunten hörte er dann und wann ein Lachen heimkehrender Kirchweihgäste heraufschallen, und die Lieder, die der Spielmann gesungen, gingen drunten von Mund zu Mund, in mancherlei Entstellungen, zuweilen aber ganz echt und unverfälscht, und jedesmal klopfte dem Lauscher im Walde droben das Herz wie einem Liebenden, der das Lob seiner Geliebten von Fremden verkünden hört. Mit der Zeit verstummten auch diese Töne, und nur das stille Sausen des Nachtwindes in dem jungen Laube umher blieb rege. Da erhob er sich endlich und schritt langsam zum Fluß hinab.

Er begegnete drunten auf der Uferstraße keiner Menschenseele, und auch in dem Dorfe, wo das Kirchlein des heiligen Florian stand, lag alles in tiefem Schlaf. Als er um die Krümme des Weges bog, sah er in der Ferne das Wahrzeichen der Stadt Limburg, den siebentürmigen Dom in den Sternenhimmel ragen, und eine zarte Mondsichel hing wie ein zerbrochener silberner Ring am Wetterhahn der höchsten Turmspitze. Ihm aber wurde immer leichter und fröhlicher ums Herz, je mehr er sich der Stadt näherte, und erst als er dicht an den Fuß des Felsens herangekommen war, der nun wie eine ungeheure schwarze Wand vor ihm aufstieg, so daß die drohend aufgetürmten Mauern der Burg und die Pfeiler und Streben, die den Chor des Münsters umgeben, sich vornüber zu neigen und den kleinen Menschen drunten zurückzuschrecken schienen, schlug ihm das Herz vor geheimem Grauen, und er lüftete den Hut, um die kalten Tropfen an seiner Stirne wegzuwischen.

Da, wo der Fluß am Fuß des Felsens sich zurückbäumt und sich zu einem Umweg bequemen muß, so daß er nach Mitternacht strömend die sanft herabsteigende Höhe umfängt, hatte die Mühle gestanden, die bei dem Eisgang vorm Jahr weggerissen worden und seitdem nicht wieder aufgebaut war. Nur die Insel mit ihren hohen Bäumen, in deren Schatten er als Knabe oft gespielt, fand er wieder, zwischen ihr aber und dem Ufer war eine kahle Sandbank aus den Wellen aufgetaucht, durch angespültes Geröll und Ziegeltrümmer der zerstörten Häuser angewachsen, so daß sie jetzt etliche Fuß über dem Stromspiegel lag, hie und da schon von dürftigem Gras und wilden Kräutern übergrünt. In der Mitte dieses unfruchtbaren Eilands erhob sich ein dunkles Hüttchen, den Schuppen ähnlich, in denen die Vogelsteller auf ihren Fang zu lauern pflegen, mit schief nach hinten abfallendem Dach, das mit Rasenstücken beschwert und gegen die Winterstürme gesichert war. Rings um dieses elende Bretterhaus war eine Art Zaun aufgeführt, aus unregelmäßigen Pfählen und Planken, die nicht allzu dicht aneinander in den Kiesgrund eingerammt waren. Der Ort sah so trostlos nackt und unfruchtbar aus, daß niemand ihn für eine menschliche Wohnstätte gehalten haben würde. Auch führte keine Brücke auf das steinige Eiland hinüber. Nur ein Weidenstamm, den der tosende Fluß unterwühlt und aus seinem Grunde herausgerissen, war quer über die schmale Wasserstraße gefallen, am Ufer seine alten zerrissenen Wurzeln in die Höhe streckend und drüben das knorrige Haupt mit den dürren Zweigen in den Kiesgrund bettend. So hatte er einen natürlichen Steg gebildet, den nun Gerhard, nachdem er sich sorglich umgesehen und keinen anderen Zugang hatte erspähen können, mit behenden Füßen erklomm und in wenigen Schritten bis zu Ende ging.

Erst wie er drüben war und auf die dunkle Hütte hinter dem Zaun zuschreiten wollte, fiel es ihm aufs Herz, ob es auch recht und wohlgetan sei, den Schlummer des Einsamen, der sein einziges Labsal sein mochte, zu stören, und mit welchem Gesicht er ihn anstarren möchte, wenn er plötzlich als ein Wildfremder bei ihm einbräche, da er doch selbst nicht klar wußte, was er hier zu suchen kam. So blieb er plötzlich stehen und wagte es nicht, an die kleine, aus rohen Stäben gefügte Pforte zu pochen, mit welcher der Zaun verschlossen war. Nur ein hölzerner Riegel, von außen leicht zu öffnen, war innen vorgeschoben. Über die Planke aber ragte der lange Siechenstecken hervor, an welchem der Lederbeutel hing, zum warnenden Zeichen, daß hier ein Unreiner und Verbannter hause, über dessen Schwelle kein glücklicher und geselliger Mensch den Fuß setzen dürfe.

Der verwegene Gast aber, der sich hiervon nicht schrecken ließ, war noch nicht mit sich eins geworden, was er zu tun habe, als die Tür des Hüttleins plötzlich aufging und der Einsiedler heraustrat. Er hatte wie alle solche, die allein und oft im Freien zu nächtigen pflegen, einen leisen Schlaf, und schon Gerhards Schritte auf dem Weidensteg hatten ihn aufgeweckt. Nun sah er mit Erstaunen den jungen Bürgerssohn, der am Abend unter der Linde sich so milde und menschlich gegen ihn bewiesen, an dem Zaunpförtchen stehen und fand nicht sogleich ein Wort, ihn zu begrüßen, da er vergebens darüber sann, was ihn zu dieser Nachtstunde hergeführt haben möchte. Auch Gerhard schwieg, weil er ganz von seinem Anblick befangen war. Er trug jetzt nicht mehr den blauen Siechenkittel und das Sorgentüchlein, sondern einen Rock aus Lammsfellen kunstlos zusammengenäht und mit einem schmalen Lederriemen über den Hüften gegürtet, die hageren Beine unbekleidet, an den Füßen Sandalen, wie die Barfüßermönche zu tragen pflegen, mit groben Schnüren um die Knöchel befestigt. Jetzt erst konnte der Jüngling sehen, welch eine mächtige Stirn unter dem Tuch verborgen gewesen war. Darunter brannten zwei sanfte, sehr ernsthafte graue Augen, und das Gesicht, das ein weicher Bart umfing, hätte keinem Apostel oder Heiligen Schande gemacht.

Was sucht Ihr hier so spät? fragte er mit einer tiefen, gedämpften Stimme. Wißt Ihr auch, wo Ihr seid und daß Ihr keinen Schritt weiter tun dürft, ohne Euch zu verunreinigen? Wenn Ihr Euch bei dieser nächtlichen Dämmerung verirrt habt, will ich Euch den Weg weisen, obwohl die Kirche droben nahe genug herabschaut, daß man sich leicht zu den Häusern, die sie behütet, zurückfinden sollte. Wer seid Ihr aber und warum habt Ihr mich heut unter der Linde – denn ich erkenne Euch wohl wieder – so reich beschenkt, wie es mir von keinem Fürsten oder Bischof je zuteil geworden? Das sagt mir noch, und dann laßt uns scheiden; denn es bringt keinen Segen, mir nahe zu kommen, obwohl es nur eine törichte Einbildung ist, daß der Hauch des Todes noch immer von mir ausgehe.

Nein, wahrlich, erwiderte Gerhard, von einer seltsamen Rührung ergriffen, vielmehr ein Lebenshauch strömt aus Eurem Gesang und den Saiten Eurer Geige, und nicht verirrt habe ich mich, sondern den rechten Weg gefunden, da ich zu Euch kam. Denn ich war unfroh und in mir selbst entzweit, und seitdem ich Euch gehört, ist es still und friedlich in mir geworden, und nun meine ich: wer solche Wunder wirken kann, müsse eine besondere himmlische Gnade empfangen haben, wenn auch die kurzsichtigen Menschen es nicht wissen und ahnen, und die Kraft, die ihm geholfen hat, sich selbst über seinen elenden Stand emporzuschwingen, könne er nun auch anderen mitteilen, denen nicht wohl ist in ihrer Haut, und die umsonst an den Stricken und Banden zerren, mit denen ihr Schicksal sie umschnürt hat.

Während dieser Rede hatte der Bärtige den jungen Mann unverwandt betrachtet, als wollte er im Grunde seiner Seele lesen, ob dies alles ernstlich gemeint sei oder nur eine künstliche Veranstaltung der Neugier, in einem müßigen Gehirn ersonnen, um seinen Lebensgeheimnissen auf die Spur zu kommen. Der Widerschein des gestirnten Himmels aus dem leise ziehenden Flusse war so hell und der Kiesgrund so weiß gewaschen, daß sie einander jedes Fältchen im Gesicht erspähen konnten. Also sagte der Einsame nach einem bedenklichen Schweigen:

Es ist lange her, daß ich im Beichtstuhl gesessen, und die Weihen hab' ich verscherzt, indem ich dem Kloster entlief und das Leben eines fahrenden Mannes führte. Wenn Ihr aber ein beladenes und ungewisses Herz habt und mir vertrauen wollt, junger Herr, so schüttet Eure Sorgen und Nöte vor mir aus und glaubt, daß ich es ernstlich damit nehmen werde, Euch Trost und Rat zu spenden, so viel ein Mensch dem andern mit dem Beistande unseres Herrn und Heilandes spenden kann. Wer seid Ihr und was sind das für Stricke und Banden, von denen Ihr Euch gefesselt fühlt?

Nun begann Gerhard ihm alles zu sagen: welches Leben er bisher geführt, wie und warum er in die Welt hinausgezogen und wie er es daheim gefunden, als er endlich zurückgekehrt. Er verschwieg ihm nicht, daß ihm die Luft in der Heimat den Atem beklemme, sein Herz den alten Freunden entfremdet, vor allem aber die Augen ihm darüber aufgegangen seien, daß diese so herzlich ersehnte Liebste nichts Besseres sei als ein gleißendes Bild ohne Gnade, eine seelenlose Puppe, in deren Armen ihn ein tödlicher Frost befallen und sein junges Leben hinwelken machen werde. Es habe ihn seit gestern abend ein heimliches Fieberfrösteln beschlichen und sei nur von ihm gewichen, als er unter der Linde seinem Spiel gelauscht. Wie er das kindische Geschöpf dort so ungerührt an seiner Seite gesehen, und wie sie dann vollends mit unmenschlicher Härte gegen das unverdiente Unglück ihm den Rücken gewandt, da habe er gefühlt, daß das Band, das ihn an sie geknüpft, zerrissen und jeder Funke der alten Minne in ihm erstickt worden sei.

Hierauf schwieg der Jüngling, von der Erinnerung an jene Stunde aufs neue erbittert und empört, und auch sein Beichtiger verfiel in ein tiefes Sinnen. Er war an den Eingang seiner Hütte zurückgetreten und lehnte am Pfosten der Tür, die eine Hand in den langen Bart vergraben, die andere um den Ledergurt geballt. So standen sie eine geraume Zeit einander gegenüber, durch das Zaunpförtchen geschieden.

Nehmt es mir nicht übel auf, sagte der Einsame endlich, daß ich Euch nicht unter mein Dach führe. Es ist eng und dumpfig darinnen und reicht nur eben für die Notdurft eines einzelnen Mannes. Ich habe mir's selbst im vorigen Herbst aus den angeschwemmten Brettern und Pfählen zurechtgezimmert, weil mir diese Stätte gefiel. Ihr wißt ja wohl, daß ein Verbannter und Unreiner, wie ich nun einmal bis an mein Lebensende bleiben werde, nicht einmal der Zuflucht zu den Altären des Herrn teilhaftig werden darf, mit der Gemeinde seiner Brüder und Schwestern die ewige Barmherzigkeit anzurufen. Ja das allerheiligste Sakrament hat mir in diesen neun Jahren nur zweimal ein mitleidiger Priester gespendet, an einem Stäbchen mir die geweihte Hostie herüberreichend und den Segen über mich sprechend. So schien es mir lieblich, hier unten im Schatten des heiligen Münsters zu wohnen, wo ich an Sonn- und Festtagen den Gesang und das Orgelspiel vernehmen kann und, wenn zur Vesper die Lichter angezündet werden, sie durch die Fenster des Chores zu mir herabschimmern sehe. Aber wenn ich auch mit meinem armen Lose ausgesöhnt und darüber getröstet bin, daß die Menschen nicht mehr für mich leben, nur ich noch hin und wieder ihnen etwas zu erweisen vermag, so weiß ich doch, daß dies nicht die gemeine Ordnung der Welt und der Wille Gottes für alle ist, daß vielmehr jeder, den nicht ein gleiches Unglück betroffen hat, aus allen Kräften danach streben soll, menschlich unter den Menschen sein Leben zu führen, sie zu ertragen und milde über ihre Menschlichkeit zu denken. Was Ihr mir anvertraut habt, mein junger Freund, ist mir gar nicht wohl zu Herzen gegangen. Ich meine aber, daß Ihr Unrecht tut an Euch und den anderen, nach der kurzen Erfahrung eines einzigen Tages daran zu verzweifeln, daß es je anders und besser werden möchte. Ihr habt die Welt draußen immer nur mit den Augen eines Gastes betrachtet, der weil er flüchtig vorüberzieht und die Schwere des Tagwerks nicht empfindet, die jeden Angesessenen drückt, überall nur die Feiertagsmiene der Dinge und Menschen gewahrt. Glaubt mir, der ich weit herumgekommen bin: wo Ihr auch Euer Haus bauen wolltet, ein Hauskreuz würdet Ihr bald genug auf Eurer Schulter fühlen. Denn die Mehrzahl der Menschen ist sich allerorten gleich, eine dumpfe, dem Staube zugekehrte Herde mühseliger Arbeiter, die nur dann die Köpfe aufrichten, wenn ein Strahl oder Klang von oben an ihre Seele rührt. Wenn Ihr nun ein solcher seid, der nach etwas Höherem und Göttlicherem trachtet, so ist es Eures Amtes, unter den niedriger Gearteten geduldig auszuharren und nach Eurem besten Vermögen sie aus dem Staube emporzuziehen. Wem aber wäret Ihr diesen Liebesdienst nicht schuldig, als dem Weibe, mit dem Ihr Euch für das Leben verbinden sollt? Ich habe dies junge Kind nur von fern und durch kurze Augenblicke gesehen und glaube Eurem Wort, daß viel an ihr versäumt worden ist. Doch ist sie noch so jung, und ihre Seele kann nicht völlig erstarrt sein im kalten Hauch des Leichtsinns und der Weltlust. Müßtet Ihr es Euch nicht dereinst zum Vorwurf machen, wenn Ihr ohne jeden Versuch, sie umzuschaffen, von ihr ginget und überließet sie dem ersten besten, in dessen Händen ihre Seele vollends dem Ewigen abstürbe und in lauter Gedanken der Eitelkeit zugrunde ginge?

Sehet, fuhr er nach einer Pause fort, da Gerhard trübsinnig vor sich hinstarrte, ich habe es an mir selbst erfahren, daß es einem redlichen Gemüte kein Heil bringt, sich den Menschen zu entziehen, weil man sich über sie erhaben dünkt. Ich meinte, ich hätte guten Grund, die Welt zu verachten, in der mir übel mitgespielt worden war, und die ich in Wahn und feiger Torheit befangen sah. Denn Ihr müßt wissen, daß ich vor zwanzig Jahren ein glücklicher Mann war, meines Zeichens ein Seidenwirker, gar kunstreich in meinem Gewerbe, so daß ich Arbeit und Ehre vollauf hatte und dazu eine junge Hausfrau, die ich über alles liebte, wie sie es auch wert war, und sie hatte mir einen Knaben geschenkt, der unser Glück vollkommen machte. Da kam das große Sterben ins Land, das zweite seit Menschengedenken, sieben Jahre nach dem ersten, das ich nicht miterlebt, weil ich gerade auf der Wanderschaft war und in den Städten des mittägigen Frankreichs meiner Kunst nachging. Ich wußte also nicht, wie grausam man den armen Siechen mitgespielt, daß man sie von aller menschlichen Hilfe und Gemeinschaft alsbald abgesondert in dumpfe Leprosenhäuser eingesperrt hatte, oder aufs freie Feld verbannt, wo ihnen keine milde Hand in ihren Leiden und kein Trosteswort in ihrer letzten bangen Stunde nahen konnte. Nun sah ich mit Entsetzen, daß die Seuche alle menschlichen Bande löste, daß beim geringsten Anzeichen, wo vielleicht noch Hilfe gewesen wäre, das Kind von der Mutter, der Mann vom Weibe gerissen und bei lebendigem Leibe das Kreuz über sie geschlagen wie über Tote. Also hütete ich Weib und Kind,

wie der Geizige seine Schätze, und hielt sie sorgsam im Hause ein-
geschlossen. Doch konnte ich es nicht wehren, daß der oder jener
von meinen Kunden zu mir ins Haus kam, und da es nun der Zag-
haften und Gespenstersichtigen nicht wenige gibt, trat ein solcher
auch einmal über meine Schwelle, und nachdem er einen Blick auf
mein Weib geworfen, das von der ungewohnten Zimmerhaft ein
wenig bleich und matt erschien, fragte er mich, indem er eilig an
einem mit Essig getränkten Tüchlein roch, ob es auch noch geheuer
bei uns sei. Ich lachte dieser unzeitigen Furcht; meine Liebste aber,
die Tag und Nacht nur das eine Gebet hatte, daß Gott diese Plage in
Gnaden an uns wolle vorübergehen lassen, erschrak so heftig, daß
sie an ein Spieglein lief und sich das Gesicht beschaute. Denselbigen
Nachmittag fühlte sie eine Schwäche in den Gliedern, daß sie sich
niederlegen mußte. Ich tröstete sie, so gut ich konnte, gab ihr einen
kühlenden Trank und hoffte, sie werde es verschlafen. Auch wurde
sie ruhiger und schlief wirklich ein, und das Kind neben ihr. Da
nahm ich ein fertig Stück Brokat, das ich abliefern sollte, womit es
freilich gar nicht geeilt hätte. Aber Gott verblendete mich, daß ich
die abendliche Ruhezeit dazu nutzen und die Arbeit dem Kauf-
mann überbringen wollte. Wie ich eine Stunde später nach meinem
Hause zurückkehrte, fand ich einen Haufen Weiber und Kinder vor
der Tür und wurde tödlich bestürzt und fragte, wem der Auflauf
gelte. Und eine der Nachbarinnen, die mich erkannte, schrie laut auf
und wehrte mir ab, daß ich nicht weitergehen solle: der Stadtvogt
habe soeben die Leprosenknechte geschickt; es sei ruchbar geworden, daß ich mein Weib, so von der Krankheit befallen, wider die
strenge Verordnung im Hause gehalten, und nun sei sie in der Sänf-
te abgeholt und bereits zu den anderen in jene Mauern eingeschlos-
sen worden, aus denen von hunderten kaum zwei oder drei wieder
ans Tageslicht hervorkamen.

Und das Kind, schrie ich, das Kind?

Der Knabe sei, als der Ansteckung verdächtig, und weil die Mutter sich wie eine Besessene gewehrt, ihn aus ihren Armen zu lassen,
mit ihr hinweggetragen worden und ohne Zweifel bei ihr verblieben.

Noch jetzt, wenn ich an jene Stunde zurückdenke, ist es mir, als
fühlte ich den Schwindel wieder mir ums Herz kreisen, der mich

damals packte, so daß ich bewußtlos zu Boden sank. Doch kam ich alsbald wieder zu meinen Sinnen, stürzte, ohne auf irgendeinen Zuspruch zu achten, nach dem furchtbaren Kerker, der mein Liebstes verschlungen hatte, und pochte wie ein Rasender mit den Fäusten ans Tor. Als dies erfolglos blieb, die Wächter vielmehr mich ergriffen und mit Gewalt hinwegführten, stürmte ich aufs Rathaus, wo gerade der Bürgermeister und ein ehrbarer Rat versammelt waren, um für die Not der Zeit nach ihrem kurzsichtigen Ermessen Fürsorge zu treffen. Ich verlangte dort, entweder solle Weib und Kind mir ausgeliefert, oder ich selbst zu ihnen hineingelassen werden. Was ich dann für unehrerbietige Schmähungen ausgestoßen haben mag, als mir beides verweigert wurde, weiß ich nicht. Die wohledlen Herren mochten besorgen, daß ich in meiner Wut das geringe Volk, das solche Notzeit gern zu allerlei Unfug mißbraucht, gegen die Väter der Stadt aufwiegeln möchte. Genug, ich wurde dem Fronvogt überliefert und in den Turm geschlossen. Aus diesem kam ich bereits am siebenten Tage wieder heraus. Es war nun keine Gefahr mehr. In der großen Grube, die so viele arme Opfer aufgenommen, war auch mein blühendes junges Weib und mein holder Knabe zur ewigen Ruhe gebettet worden. –

Da versagte dem Graubärtigen das Wort, er drückte die Augen zu und lehnte den Kopf zurück gegen den Türpfosten, um von der Qual der Erinnerung ein wenig zu rasten. Plötzlich fühlte er eine Hand an der Seinigen, die sie mit sanftem Druck umschloß, und wie er die Augen aufschlug, sah er den jungen Freund vor sich stehen, der es draußen am Gitterpförtchen nicht ausgehalten, sondern sachte den Riegel geöffnet und sich hereingeschlichen hatte. Der andere trat unwillkürlich zurück, aus alter Gewohnheit, hielt aber dann die Hand des jungen Mannes fest und erwiderte ihren Druck. Ich dank' Euch, sagte er still vor sich hin. Es ist lange her, daß ich eine Menschenhand in der meinigen gefühlt. Auch könnt Ihr sie dreist berühren. Es ist eines redlichen Mannes Hand, die mehr Gutes als Unnützes verrichtet hat und an der kein Flecken haftet. Aber daß ich mit meinem Bericht zu Ende komme: damals, als mir das widerfahren, war das Blut, das diese Hand durchströmte, nicht so zahm wie heut. Wer mir damals einen Feuerbrand in die Faust gegeben hätte, die Welt damit in Brand zu stecken, dem hätte ich meine Seele dafür verschrieben. Ich hatte aber zum Glück einen entfernten Vetter unter den Barfüßermönchen des dortigen Klosters. Der erbarmte sich meines wahnwitzigen Zustandes und nahm mich in seinen Gewahrsam, bis der Sturm in mir vertobt haben würde. Wie dann die klaffende Wunde ein wenig verharscht war, brauchte es nicht viel Zuredens, daß ich selbst Profeß tat und, da ich die Welt haßte und verachtete, den Rest meines Lebens ihr abgekehrt in müßigem Brüten und Beten zu verbringen gedachte. Doch lebte etwas in mir fort, das murrte gegen den öden Klosterzwang und schrie nach Wirken und Schaffen. Und wie dann neun Jahre später die dritte göttliche Heimsuchung kam, da wußte ich, was ich zu tun hatte.

Sehet, fuhr er fort, obwohl es Euch die himmlische Barmherzigkeit erspart hat, ähnliches zu erleben, so habt Ihr doch ein ahnungsvolles Herz und könnt Euch vorstellen, wie es der schärfste Stachel in all meinen Qualen gewesen, daß mein liebstes Leben in jenem furchtbaren Hause hatte sterben und verderben müssen, und ich war fern gewesen und hatte ihre erkaltende Hand nicht fassen und in ihre verzagende Seele kein Wort des Trostes träufeln dürfen. Was ich an dieser Geliebtesten so jammervoll versäumt, das wollte ich nun anderen armen Verdammten zugute kommen lassen, da sonst niemand in ihrer letzten Not sich ihrer erbarmte. Und glaubt nicht, daß ich mir dies Werk der Barmherzigkeit zu einem besonderen Verdienste rechne. Es war viel Trotz und Ingrimm dabei im Spiel, und daß ich auf die Häupter der Menschen, die ich insgeheim für eine Herde wilder Tiere ansah, feurige Kohlen sammelte, geschah nicht in christlicher Liebe und Milde, wenigstens zu Anfang, sondern als eine Art Rache, an der ich meinen eigenen wilden Gram sättigte. Es ward aber anders mit der Zeit, da ich das ganze unsägliche Elend betrachtete, unter welchem das schwache Menschengeschlecht seufzt, und wieviel heimliche Tugend und Heldenstärke zwischen dem Unkraut der eitlen Lüste und blinden Leidenschaften erblüht. Da hat mich ein tiefes Mitleid mit meinen Brüdern überkommen, und auch hernach, da ich Undank aller Art erfuhr, von solchen, denen ich in bitteren Nöten der einzige Helfer gewesen, von ihren Türen weggescholten wie ein räudiger Hund – nie wieder hat sich mein Herz zu Haß und Wut verhärtet, sondern je böser und gottunähnlicher ich sie fand, je lauter rief es in mir: das sind die am härtesten mit Siechtum Geschlagenen, und daß sie sich für gesund gehalten, ist ihr schlimmstes Gebrechen. Denn so nun wehren sie dem Arzt, der sie noch retten möchte, und machen ihr Leiden unheilbar und taumeln einem Tode zu, der nicht ins ewige Heil führt, sondern in die Stätten der Verdammnis.

Während er dies sprach, leuchteten seine Augen, wie Gerhard nie ein Augenpaar hatte leuchten sehen, und wenig fehlte, so wäre er vor diesem starken und guten Menschen in die Knie gesunken, wie vor einem der heiligen Märtyrer, deren Bilder in den Kirchen verehrt werden. Auf einmal aber fühlte er sich am Arm ergriffen und sah den Blick des Einsamen mit verwandeltem Ausdruck auf eine Stelle am Ufer gerichtet, wo ein schlanker Schatten sich näherte und jetzt hinter dem Wurzelgestrüpp des Weidenbaumes verschwand. Wenn Ihr keinen Abscheu dagegen empfindet, so tretet einen Augenblick in die Hütte, hörte er den Bärtigen raunen. Ich sehe drüben eine Gestalt, die nach uns herüberspäht. Sie haben mir von Rats wegen hier zu wohnen gestattet nur unter der Bedingung, daß ich mit niemand einen Verkehr unterhielte. Nicht minder aber, als mir selbst, möchte es Euch Nachteil bringen, wenn es herumkäme, daß Ihr bei nächtlicher Zeit den Verbannten und Ausgezählten heimgesucht habt. Bergt Euch also lieber hier innen, bis der Spürer und Späher seiner Wege gegangen. Er zog ihn in die Hütte hinein, in der es wohnlicher war, als man dem äußeren Anschein hätte zutrauen mögen. Der Raum war nicht größer als anderthalb Mannslängen im Geviert, und nach der Rückseite senkte sich das Dach, daß man dort nicht aufrecht stehen konnte. Nach der Morgenseite aber ließ ein viereckiger Ausschnitt in der Bretterwand hinlängliche Helle herein, daß man das Lager von dürrem Schilf darunter erkannte, über welches eine wollene Decke gebreitet war. An der Wand gegenüber war ein Sitz aus Steinen aufgeschichtet, mit einem Schaffell überdeckt. Darüber hing an einem rostigen Nagel die kleine schwarze Geige, und ein Krug und eine Schüssel standen in einem Winkel. Von einer Feuerstätte keine Spur.

Ihr müßt Euch dort niedersetzen, sagte der Wirt dieses engen Hauses, und wenn Ihr es nicht verschmäht, aus einem Kruge mit mir zu trinken – in der Schenke heute abend haben sie mir einen Nachttrunk mitgegeben, den ich noch zur Hälfte gespart habe. Denn ich muß sehr auf der Hut sein vor dem Wein, der ein gefährlicher Freund des Einsamen ist und ihn leicht um Sinn und Verstand bringt. Wenn Euch etwa hungern sollte, ich hab' auch noch ein wenig Brot und gedörrtes Fleisch im Vorrat; denn die Bauern lassen mich nicht darben, und wenn ich abends vor ihren Häusern geige, bringen sie mir, was ich bedarf, teils aus gutem Herzen und umsonst, teils für geringes Geld, das sie sich freilich scheuen aus meiner Hand zu empfangen. Sie stellen dann ein Schüsselein mit Wasser an den Weg, und die Münzen, die ich da hineingleiten lasse, nehmen sie ohne Sorge, sich zu beflecken. Auch lassen sie es geschehen, daß ich mir dann und wann – zumal an Fasttagen – ein Gericht Fische angle aus dem Fluß und in einem Pfännlein draußen vor der Hütte brate. Im übrigen bin ich hart gewöhnt und habe auch den Winter überstanden ohne anderes Ungemach, als daß ich eine und die andere Nacht auf meinem von Eis umstarrten Lager mich vor dem Einschlafen hüten mußte, wenn ich überhaupt wieder aufwachen wollte.

Gebt mir einen Trunk, bat Gerhard, mehr um zu zeigen, daß er keine Gemeinschaft mit diesem Gemiedenen scheute, als weil ihn gedürstet hätte. Als er dann seine Lippen genetzt und auf dem Steinsitz sich niedergelassen hatte, sah er über sich nach der seltsam geformten Geige und fragte, seit wann sein Gastfreund diese Kunst betrieben und wer sie ihn gelehrt habe.

Da lächelte der ernsthafte Mann zum ersten Male. Er wisse von keiner Kunst und keiner Lehre, sagte er. Schon da er noch ein weltliches Gewerbe ausgeübt, habe er an Feierabenden sich damit vergnügt, dies uralte Saitenspiel erklingen zu lassen, daß sein Weib sich oft die Ohren mit ihren kleinen Händen zugehalten und gefleht habe, er solle ihrer schonen. Doch habe er nicht nachgelassen, bis er dem schwarzen Holz eine Seele abgelockt und aller Griffe und Striche Meister geworden sei. Im Kloster dann habe er fleißig acht gegeben auf die geistlichen Gesänge und die Hymnen, die an den hohen Festen mit allerlei Instrumenten begleitet wurden. Und wie er dann in das Siechenhaus eingetreten, habe er nichts mitgenommen als diese Geige. Da sei es ihm erst aufgegangen, welch ein Labsal in den Tönen verborgen sei. Denn mitten in der ärgsten Leibesnot und Verzweiflung, wenn er zu spielen begonnen und sein Bestes getan, Wohllaut und Einklang aus dem armen Holz hervorzulocken, habe er wahrgenommen, wie die verzerrten, angstbeklommenen Mienen sich besänftigt, das Ächzen stiller geworden und manch einer unter seinen Weisen sanft hinübergeschlummert sei wie ein Kind, das die Mutter in Schlaf singt.

Wenn sie mich daher Bruder Siechentrost nannten, fuhr er mit stillem Lächeln fort, so wußte ich wohl, wem dieser Name gebührt: dem schwarzen Gesellen da, der mächtiger und heilkundiger ist als ich. Hat er doch auch mich selbst getröstet und geheilt, da ich an Menschenfeindschaft und Weltverachtung krankte und ein Herz voll mißtönender Wünsche und Begierden in mir trug. Wie manches Mal in der ersten Zeit, wenn ich Untreue und Undank erfuhr und schwer unter der Torheit der feigen Menschen seufzte, war ich nahe daran, dies armselige Leben wegzuwerfen wie ein zerrissenes Gewand, das mich gegen Frost und Unwetter nicht mehr schützte. Dann brauchte nur mein Finger unbewußt eine der Saiten zu berühren, und ich schämte mich meines Kleinmuts und wandelte gelassen meine Straße, bis ich zu milderen Menschen kam.

Er trat an die Wand, wo die kleine Geige hing, und fuhr sanft mit der Hand über die Saiten, wie man einem schlafenden Kind über die Locken streicht, und ein leise schwirrender Ton ward wach, als tönte die Seele des Instrumentes aus dem Traum. Gerhard wagte nicht ihn zu bitten, daß er sie herabnehme und ihn ein Lied hören lasse. Doch hätte er viel darum gegeben, jene Strophen vom Mai noch einmal zu hören. Statt dessen wandte der Bruder sich plötzlich zu ihm und sagte: Ihr müßt nun heimgehen, mein junger Freund. Der Laurer draußen wird längst seinen Posten verlassen haben. Euch aber möchte man zu Hause vermissen, und Ihr kämet in Ungelegenheit. Daß Ihr mich aufgesucht habt, dank' ich Euch von Herzen. Doch muß es nicht wieder geschehen, schon um meinetwillen nicht. Denn ich soll einsam bleiben und darf mich nicht wieder an freundliche Menschennähe gewöhnen, nachdem ich sie mit manchem Kampf und Schmerz entbehren gelernt. Ihr aber kehrt in die Welt und zu den Euren zurück, und wenn Ihr Euer Herz je wieder sich fühlet und des Trostes bedürft, der in diesen Saiten schläft, so findet Euch an den Feiertagen ein, wo die Leute zusammenströmen, den schönen Frühling beim Becher zu genießen. Da werdet Ihr auch meine Stimme aus irgendeinem Versteck heraus erschallen hören, und wenn ich denke, daß ich zu Euch rede, werden mir meine besten Lieder einfallen. Nur dürft Ihr hinfort nicht mehr mit Gold aufwiegen wollen, was leicht ist wie die Luft, und doch unschätzbar. Ihr wisset nun, wie wenig ich bedarf, und der Herr, der die Sperlinge nährt, die doch nur einen dürftigen Gesang haben, wird auch den grauen Singvogel mit dem Schellenkleide nicht verderben lassen.

Er schritt aus der Hütte, und Gerhard folgte ihm. Das Herz war ihm so voll, daß er keines Wortes mächtig war. Draußen am Rande der Sandbank drückte er noch einmal die Hand des wundersamen Mannes, von dem er so schwer sich trennte, wie von dem ältesten Freunde. Dann schwang er sich auf den ungefügen Brückensteg und schritt eilig hinüber. Die Luft hatte sich verdunkelt, ein grauer Flor, der ein Frühlingsgewitter ankündigte, überzog das gestirnte Firmament, die Straße war völlig einsam. Nur wie er schon die Stadt erreicht und mit Hilfe eines ansehnlichen Schweiggeldes sich bei der Wache den Einlaß erkauft hatte, glaubte er in dem dunklen Winkel hinter dem Torturm eine Gestalt zu erblicken, die hier ein freiwilliges Wächteramt versah. Einen Augenblick war es ihm sogar, als ob er jenen Vetter erkennte, den er am ersten Abend bei seiner Braut angetroffen. Er rief leise den Namen des Wichts, doch blieb alles still, und er selbst schlug sich das unheimliche Begegnen wieder aus dem Sinn. Die Worte, die er auf dem unfruchtbaren Eiland vernommen, begleiteten ihn auf dem nächtlichen Schleichwege in seiner Eltern Haus und hielten ihn noch lange wach, nachdem er durch ein Hinterpförtchen sich glücklich in seine Kammer gestohlen hatte.

Nachts war das Gewitter über der Stadt niedergegangen und die Luft am Morgen wieder hell und klar. Doch in zwei Häusern schlich noch eine stockende Schwüle durch die Zimmer, die sich nicht in starken Schlägen, nur in zuckendem Wetterleuchten und verhaltenem Grollen entlud. Herr Hinrich Eschenauer begrüßte den Sohn mit einem finsteren Kopfnicken und wies ihm einsilbig seine Arbeit an. Die Mutter machte sich stumm mit rotgeweinten Augen in seiner Nähe zu schaffen, und mehr als einmal schien es, als wollte sie den Bann des Schweigens brechen, den eine fremde Macht ihr auferlegt, immer aber bezwang sie sich und zog sich mit Seufzen und Kopfschütteln, wie ein Mensch, der etwas Schweres und Schreckliches nicht zu fassen vermag, wieder zurück. Gleich nach Mittag war Gerhard, nicht weil es ihn zog, sondern wie um eine unliebe Schuldigkeit zu tun, nach dem Hause am Münsterplatz hinaufgegangen, hatte seine Braut auch allein angetroffen, aber trotz des weitoffenen Brusttüchleins wie in einen Panzer geschnürt, der sie dem Freunde so unnahbar machte, wie wenn über Nacht eine Mauer zwischen ihnen aufgerichtet worden wäre. Als er sie liebreich um den Grund dieser starren Kälte befragte, erwiderte sie, mit halbzugedrückten Augen an ihm vorbeisehend und mit den seidenen Ohren des Hündchens spielend: wie man in den Wald rufe, so schalle es heraus, und man erkenne die Menschen daran, welche Gesellschaft sie suchten. Und da er ernstlicher in sie drang, diese tiefsinnigen Sprüche zu deuten und auf ihn und sie selbst anzuwenden, versetzte sie mit einer ausbrechenden Leidenschaftlichkeit, in der das ganze enge, eitle und ungütige Herz des verzogenen Kindes zutage kam: sie habe keine Lust, mit aussätzigem Volk und unehrlichen fahrenden Leuten sich einzulassen, und wenn ihm ein solcher Umgang lieber sei als der ihre, möge er's beizeiten sagen, sie wisse dann, woran sie sei, und könne danach tun.

Nun setzte er sich neben sie und begann, so sehr er sich bezwingen mußte, nicht wild herauszufahren und ihr mit zornigen Worten ihre Herzenshärtigkeit vorzuwerfen, was er von den Schicksalen des Bruder Siechentrost wußte. Er hoffte ihren lieblosen Starrsinn dadurch zu schmelzen, da er noch immer nicht glauben konnte, daß in dieser weichen weißen Hülle kein zartempfindendes Herz verschlossen sei. Als er aber geendet hatte, stand sie mit gleichmütiger Miene auf, holte aus einem Wandschränkchen einen Teller mit süßem Backwerk und fing an, ihr Hündchen zu füttern. Darauf nahm sie ein kleines beinernes Kämmchen und strählte und glättete damit das weiche Fell ihres Lieblings. Nicht wahr, Pilgram, sagte sie zu ihm hinabgebückt und drückte ihre Lippen gegen sein glänzendes Ohr, wir beide sind ein paar reinliche Leute, und von etwas Unsäuberlichem wollen wir nicht einmal reden hören, geschweige uns näher damit einlassen. Du hättest dich auch bedankt, Bürschlein, wenn man dir zugemutet hätte, dem armen Lazarus vor dem Hause des reichen Mannes die Schwären zu lecken. Pfui der Schmach! Wen Gott gezeichnet hat, den sollen die Menschen meiden!

Gerhard stand auf. Er hörte den Vater, Herrn Anselm Rode, draußen über den Flur gehen und traute sich nicht Besonnenheit genug zu, in dieser Stimmung ihm gegenüber jedes herbe Wort zu unterdrücken. Lebt wohl, Imagina! sagte er. Ich wünsche Euch, daß Ihr mit der Gesellschaft, die Ihr der meinigen vorziehet, zeitlebens zufrieden sein möget. Grüßt den Vater! Mich ruft ein Geschäft nach Hause.

Hiermit ging er von ihr, und sie fühlte nicht, daß es ein Abschied war für alle Zeit. Sie war von den kühlen und klugen Weibern, die es sich zum Gesetz machen, ihre Herrschaft über den Mann frühzeitig zu beginnen und die Zügel immer fest in der Hand zu halten, da doch ein rechter Mann nur durch freie und reine Hingebung eines rechten Weibes bezwungen wird. So saß sie mit höhnischem Lächeln und hörte seine Schritte draußen verhallen.

Gerhard aber ging seines Weges, als wären ihm Flügel gewachsen und ein schwerer Stein vom Herzen gerollt. Er sagte sich, daß alle Hoffnung vergebens sei, hier ein Glück zu finden oder zu schaffen, und daß der Schnitt, der das lose Band zerteile, je rascher je milder sein würde. Einer seiner alten Gesellen kreuzte ihm den Weg. Ob er von der Braut komme? fragte er ihn lachend. Es sei hohe Zeit gewesen, daß er heimgekehrt, um nach dem Rechten zu sehen. Ein loser Vogel von einem Federfuchser habe sich eingefunden und nicht übel Lust gezeigt, an dem blanken süßen Träublein zu picken. Er werde dem Fant wohl schon begegnet sein und ihm nach Gebühr heimgeleuchtet haben. Der Herr Vetter sei übrigens kein Kostverächter und nasche herum, wo er gedeckten Tisch finde. Nacht für Nacht sehe man ihn in das Haus einer übelberufenen Witwe schleichen, die draußen im letzten Häuschen des Dorfes, wo gestern St. Florian gefeiert wurde, ihr stilles Wesen treibe. Daneben würde er sich nicht lange bitten lassen, der Eidam des Herrn Schöffen zu werden, zumal er in Mainz kahlgerupft wie eine Martinsgans aus einem Spielhaus entronnen sei. Nun, damit habe es jetzt gute Wege.

Gerhard antwortete nur mit einem hastigen Händewink und flog seinem väterlichen Hause zu. Er wußte nun, wer gestern den Späher gemacht und hernach den Zuträger bei den Seinen. Als er in das Schreibstübchen seines Vaters trat, fand er den alten Herrn eben im Begriff, einem Knecht aufzutragen, daß er ein Pferd satteln und nach Diez hinüberreiten solle, mit einem Auftrage an einen dortigen Geschäftsfreund. Errötend, da er fürchtete, seine Bitte möchte nicht gewährt werden, erbot er selbst sich zu diesem Ritt; er sei des Stillsitzens nach der langen Reise noch nicht wieder gewohnt. Der Vater sah ihn kalt und prüfend an, nickte dann aber und erklärte ihm, um was sich's handle. Als sie unter vier Augen waren, setzte er noch hinzu: Mir ist hinterbracht worden, daß du dir seltsame Gesellschaft suchst, wie sie ehrbaren Bürgerssöhnen nicht geziemt. Ich will glauben, daß ein langes Herumstreifen auf den Heerwegen dich daran gewöhnt hat, mit zweifelhaftem Volke dich einzulassen und niedrige Kameradschaft zu dulden. Doch warn' ich dich hiermit ernstlich, von nun an strenger auf deinen Wandel zu achten. Ich will nicht, daß Gerhard Eschenauers Namen in einem Atem mit Unreinen und Unehrlichen genannt werde. Hiernach hast du dich zu richten, bei meinem väterlichen Zorn.

Der Sohn neigte stumm sein Haupt und ging dann hinab, sein flandrisches Pferdchen zu satteln und zu zäumen. Ehe er es aber bestieg, machte er sich noch eine Weile in seiner Kammer zu schaffen und trug endlich einen leichten Mantelsack, in welchem allerlei Kleidervorrat zusammengelegt war, in den Stall hinab. Die Mutter trat aus der Tür, da er eben forttraben wollte. O Kind, sagte sie, wohin reist du nun wieder? Tu mir nur das nicht an, daß du auf böse Wege gerätst! – Mutter, sagte er, indem er ihr eine Hand entgegenstreckte, seid unbesorgt. Ich gehe immer den Weg, den mein Gewissen mich weist; so werden es wohl Gottes Wege sein, ob sie uns armen Menschen auch dunkel scheinen.

Der Tag war hingegangen, und eine milde Nacht hatte sich über Tal und Hügel herabgesenkt. In der Hütte auf der Sandbank lag der einsame Siedler im ersten Schlaf, der ihn nicht vor Mitternacht heimzusuchen pflegte. Da hörte er plötzlich ein ungewohntes Geräusch draußen im Flusse, ein Rauschen und Plätschern und wunderliches Schnaufen, und fuhr alsbald in die Höhe und an den Eingang seines Schuppens, um durch das Loch zu spähen, das in die Brettertür geschnitten war. Er sah einen Reiter auf einem dunklen Pferde die Wellen durchstampfen, die dem Tier nur eben bis an die Flanken gingen, und gleich darauf setzte der kleine Braune die beiden Vorderhufe auf den Kiesgrund, stand so einen Augenblick, sich schüttelnd und hell in die Nacht hinauswiehernd, bis er auch seine Hinterbeine aus dem frischen Bade zog und nun frei und fröhlich auf dem festen Eilande stand.

Sein Reiter aber schwang sich sofort herab und ging, ohne das geduldige Tier anzubinden, auf die Umzäunung los. Da trat ihm der Herr der Insel entgegen.

Er hatte die Stirne gefurcht und ein unwilliges Wort auf den Lippen. Aber der Jüngling kam ihm zuvor.

Ich wußte, daß Ihr mich schelten würdet, rief er, da ich Euer Gebot nicht achtete und doch wieder zu Euch kam. Doch sollte und mußte es noch ein letztes Mal sein, und wenn ich gelobe, mich von jetzt an Eurem Willen zu fügen, dürft Ihr mir Eure Hand nicht entziehen. Es soll ein Abschied sein, wer weiß, auf wie lange Zeit. Denn es duldet mich nicht drüben in der Stadt, wo ich geboren bin und ich mich fremder fühle, als in der ersten besten Herberge an der Landstraße. Höret mich erst an, lieber Freund, und dann urteilt, ob ich bleiben kann, wenn ich mein Verlöbnis gelöst und damit zwei Familien schwer gekränkt habe. Das aber muß ich tun, oder die Lüge eines ganzen Lebens zerfrißt mir das Herz im Leibe.

Der andere erwiderte kein Wort. Er hörte mit traurig stiller Miene, was sein junger Freund ihm vom heutigen Tag zu berichten hatte. Und nun schloß Gerhard, nun versucht nicht weiter, mich irrezumachen in dem, was wie der Wille einer höheren Macht in meinem Innersten lebt. Zu Euch aber drängte mich's nicht allein, Euch dies kund zu tun, denn was bin ich Euch, daß Ihr Euch kümmern solltet, was aus mir würde, sondern weil ich es nicht ertragen kann, Euch fernerhin in diesem ungewissen und dürftigen Stande hinleben zu sehen. Zumal es mir schwant, daß man meine Entschlüsse zum Teil Euch Schuld geben wird, als hätte das Begegnen mit Euch mir die Lust erweckt, gleichfalls ein Vagant zu werden und ein seßhaftes Tagewerk zu verschmähen. Hiervon bin ich so weit entfernt, daß ich nicht nur in der nächsten besten Stadt eine Stelle suchen will, wo ich genügliche Arbeit und Erwerb finde, sondern auch Euch zureden möchte, es noch einmal mit einem ruhigen Wohnen an einem Ort und regelmäßigem Tun und Schaffen zu versuchen. Dies ist nun freilich in den Landen am Rhein und Main, da man Euch allerorten kennt, nicht möglich. Doch hab' ich gedacht, wenn Ihr an den Rhonefluß hinabzöget, wo Euer Name und Schicksal unbekannt sind, würdet Ihr leicht in einer der großen blühenden Städte dort Unterkunft finden und lohnende Arbeit in Eurer alten

Weberzunft. Und darum habe ich eine vollständige Gewandung bis auf die Schuhe und das Barett im Mantelsack mitgebracht und hinlängliches Geld, daß Ihr Eure dürftige Hütte noch in dieser Nacht verlassen und den Rückweg in ein bürgerliches Leben antreten könntet. Versagt es mir nicht, Euch diesen geringen Dienst zu leisten, und bedenkt, daß auch Euch die Tage kommen werden, die uns nicht gefallen, da Ihr alt und gebrechlich sein werdet, Eure Stimme rauh und Eure zitternde Hand nicht mehr des Bogens mächtig. Dann werdet Ihr um ein friedliches Dach und eine freundliche Nachbarschaft froh sein, unter denen Ihr Eure letzten Tage nicht mehr als ein Ausgestoßener dahinzuleben braucht.

Er blickte, nachdem er seine hastige Rede geendet hatte, dem einsamen Manne mit scheuer Spannung ins Gesicht und harrte der Antwort. Der aber sah von ihm weg gegen die hohe dunkle Felsenwand, die den Dom und die Schloßgebäude trug, als stünde das Bild eines friedlichen, wohlbehausten Alters, das Gerhard ihm gezeigt, auf diesem mächtigen Grunde in sanften Farben gemalt und er wollte seine Augen daran weiden. Dann strich er sich plötzlich mit der Hand über die Stirn, schüttelte leise den Kopf und sagte: Ihr habt als ein Freund zu mir gesprochen, und dafür dank' ich Euch wahrlich von Herzen. Das Gute aber, das Ihr mir zugedacht, kann ich nicht annehmen, da es kein Gut für mich wäre, sondern ein trüglicher Besitz, der mich um all meinen Frieden brächte. Wäre dies Anerbieten vor Jahren mir gemacht worden, da ich eben erst aus dem Siechenhaus wieder in die Welt trat und fand sie voll Untreue und Undank, so hätte die Hoffnung, wieder als ein stiller Arbeiter unbeschrien meine Tage hinzuspinnen, mich gewiß angelacht, und wer weiß, ich hätte mir wieder ein Weib genommen und schaffte jetzt rüstig für sie und ein Häuflein Kinder. Nun aber ist's damit zu spät. Ich kann nicht mehr in engen steinernen Häusern und Gassen atmen und ein eintöniges Handwerk treiben, des Gelderwerbs wegen, der mir nicht frommt und geziemt, da ich nur für mich allein zu sorgen habe und wenig bedarf. Rings um mich her würde ich mühselige und beladene Menschen sehen, die in ihrer Tagesfrone hinkeuchen und sich glücklich dünken, wenn sie den Heller zum Heller legen und den Gulden zum Gulden, und sie würden mir der wahren Gesundheit trauriger zu entbehren scheinen, als meine Miselsüchtigen in der Zeit des großen Sterbens. Ich aber, anstatt ihnen hilfreich und tröstlich zu sein, würde im selben Spittel darniederliegen, da jeder Gewerbsmann endlich auch von der Seuche der Geldsucht angesteckt wird. Nein, mein teurer junger Freund, lasset mich die noch übrige Lebenszeit als ein freier Vagant hinbringen, einzig und allein darauf bedacht, mein Amt zu üben als ein echter und rechter Siechentrost für die kranke Menschheit, die, wär' es nur an seltenen Feiertagen, sich die Brust gelüftet und das Herzblut erfrischt fühlt, wenn eine reingestimmte Menschenseele erklingt, deren Melodie sich wie ein leichtbeflügelter Waldvogel über den Staub der niederen Erde aufschwingt und das zerdrückte, verschüchterte Volk, das im Schweiß des Angesichts sein Brot ißt, mit hinaufhebt in reinere Lüfte. Wie es dann um mein Alter stehen mag, und wo der greise Heimatlose dereinst sein Haupt zum letzten Schlummer bettet, das wollen wir dem anheimstellen, ohne dessen Willen kein Vogel aus den Lüften fällt. Ihr aber, wenn Ihr wirklich entschlossen seid, Eurer Heimat den Rücken zu kehren –

Er stockte plötzlich mitten in der Rede und horchte über die Insel weg nach der Felswand, an deren Fuß ein Rauschen im Flusse hörbar ward. Es kommt ein Kahn den Strom heraufgefahren, sagt er leise. Lassen wir den späten Schiffer erst vorbei. Es soll kein Gericht ergehen, wenn Ihr die Stadt verlasset, als ob ich Euch dazu geraten hätte. – So traten sie in die Hütte, deren Tür sie offen ließen, und hörten, wie das Fahrzeug den andern Flußarm hinaufruderte und jetzt mit einem mächtigen Stoß auf den Kiesgrund auffuhr. Gleich darauf kamen schwere Schritte um die hintere Wand des Zaunes herum, und draußen an der Gitterpforte, die nicht verriegelt worden war, erschien die hohe und breite Gestalt des Herrn Hinrich Eschenauer.

Der alter Kaufherr blieb an der Schwelle der Umzäunung stehen, lüftete den Hut und fuhr sich über die kahle Stirn, auf der, trotz der Frische der Mainacht, große Tropfen standen. Es war ersichtlich, daß er Mühe hatte vor innerer Bewegung, Atem zu schöpfen, und das erste Wort, das von seinen Lippen kam, hatte einen heiseren pfeifenden Ton. Bist du drinnen, Gerhard? rief er. Doch brauche ich deine Stimme nicht erst zu vernehmen, um zu erfahren, daß du lieber bei nachtschlafender Zeit mit Gesindel und unreinem Volk zusammenhockst, als unter dem ehrlichen Dache deines Vaters den Schlaf des Gerechten schläfst. Du hast dich ja nicht gescheut, deine nächtlichen Schliche zu Pferde zu machen, so daß jedermann sehen kann, wohin es mit Hinrich Eschenauers Sohn gekommen ist. Statt die Aufträge seines Vaters zu vollziehen, die ihn in das Haus ehrbarer Bürger und rechtschaffener Gewerbsleute führen, zieht er es vor, zu fahrenden Spielleuten und gemiedenen Tagedieben zu reiten und in ihrer sauberen Gesellschaft wer weiß welche gottlosen Künste zu erlernen. Aber so wahr ich meinen unbescholtenen Namen mit ins Grab nehmen will –

Nein, Herr Vater, unterbrach Gerhard die jähe Flut eifernder Worte, indem er aus der Tür der Hütte heraustrat –, bei Gott, Ihr tut mir zu nah! Euren Auftrag an den Mann in Diez hab' ich pünktlich ausgerichtet. Als ich aber heimkehrte, gedachte ich auch hier noch etwas zu verrichten, was mir am Herzen lag, und so lenkte ich mein Pferd nach der Hütte dieses einsamen Mannes, dem Ihr ein schweres Unrecht tut, wenn Ihr ihn für nichts Besseres achtet, als einen verkommenen Landfahrer und von Gott gezeichneten Strolchen. Wenn Ihr ihn kennt, Herr Vater, wie ich ihn kennengelernt –

Genug! fiel ihm der Alte ins Wort. Ich begehre nicht mehr von ihm zu wissen, als was ich und alle Welt von ihm weiß. Hätte ich vermuten können, daß seine Nähe einem Stadtkinde, geschweige einem leiblichen Sohn von mir selbst lieblicher dünken möchte, als der ehrbare Verkehr mit seinen Nächsten, so hätte ich schon damals im Rat mich dagegen gestemmt, daß man ihn so nahe bei der Stadt geduldet und sein Gauklergewerbe hat ausüben lassen. Hiermit wird es nun wohl die längste Zeit gedauert haben. Du aber kehrst sofort, und zwar nicht in dem Kahn, der mich hergeführt, denn ich scheue die Berührung eines Menschen, der unter des Unreinen Dach gerastet, sondern zu Pferde nach der Stadt zurück und wirst dich morgen vom Arzt untersuchen lassen, ob noch kein Fleckchen dir anhaftet. Das weitere wirst du alsdann vernehmen und magst meiner väterlichen Milde danken, wenn ich auch beim Vater deiner Braut, der mit Recht schwer erzürnt ist, ein Fürwort für den verlorenen Sohn einlegen will.

Er wandte sich ab, als ob er nicht den geringsten Zweifel hegte, daß der Sohn sich reumütig dem ausgesprochenen väterlichen Willen beugen werde. Der Jüngling aber, das Gesicht glühend vor Scham und Unmut, war mit raschen Schritten aus der Umzäunung herausgestürmt und faßte den Vater an dem weiten Ärmel seines Gewandes. Vater, rief er, geht nicht so fort! Um Gott, laßt Euch erflehen, diesen Mann nicht zu richten, eh' Ihr ihn gehört, was dem todeswürdigsten armen Sünder nicht geweigert wird. Am jüngsten Tage, wenn unser Schuldbuch vor dem höchsten Richter wird aufgeschlagen und das Guthaben dieses Verkannten und Verbannten ihm als ein reicher Gnadenschatz angerechnet werden, dann werdet Ihr mit Reue und Beschämung erkennen, wie verblendet Ihr diesen Gerechten ausgestoßen und dem Elend überliefert habt. Und tut Ihr's nicht um seinetwillen, so seid milde gegen Euren eigenen Sohn, dem Ihr das Herz spaltet durch Eure Ungerechtigkeit. Ich aber, ich würde mich selbst auf ewig verachten, wenn ich diesen, der so viel Untreu erfahren, verleugnete in seiner Not und Gefahr. Gönnt ihm nur ein Wort mit Euch zu reden und sein Schicksal zu hören, und Ihr müßtet nicht der redliche und ehrenfeste Mann und fromme Christ sein –

Was ich bin und zu bleiben gedenke, rief der Kaufherr überlaut, das verlange ich nicht von einem zuchtlosen Milchbart zu erfahren, noch weniger, was ich von einem fahrenden Spielmann zu denken habe. Du aber höre mein letztes, unumstößliches Wort. Entweder du trennst dich sofort und auf immer von dieser Gemeinschaft, die dich entehrt, oder du betrittst nie mehr die Schwelle deines väterlichen Hauses und magst als ein erb- und heimatloser Mann hinfort auf der Landstraße dir deine Sippe suchen. Ihn aber, der dich dahin gebracht, ihn wird man mit der scharfen Frage wohl noch zu dem Bekenntnis bringen, durch welche geheime Kunst und magische Mittel es ihm geglückt ist, sich der unerfahrenen Seele eines wohlerzogenen Muttersohnes zu bemächtigen.

Er tat bei diesen Worten eine Ruck mit dem Arm, so daß er den Ärmel aus der Hand seines Sohnes löste; dann rannte er, als ob ein böser Zauber ihm selbst auf den Fersen sei, nach der Uferstelle, wo er gelandet war, sprang in den Nachen und stieß, selbst ein Ruder ergreifend, in solcher Hast vom Lande ab, daß der Strom schon in wenigen Augenblicken ihn dem nachstarrenden Sohn entzogen hatte.

Am folgenden Tag schon in aller Frühe lief in der Stadt Limburg das Gerücht von Haus zu Haus, der Siedler auf der Sandbank, Bruder Siechentrost, habe sich über Nacht davongemacht, und mit ihm sei des Herrn Hinrich Eschenauers Sohn, der eben erst aus der Fremde heimgekehrt, spurlos verschwunden. Als man erfuhr, wie ernstlich der Vater den Sohn verwarnt und welche Drohung er ihm vorgehalten, um ihn von seinem wahnwitzigen Bündnis mit dem Ausgestoßenen zu trennen, wuchs das Erstaunen schier bis zur Betäubung. Seine eigenen Jugendgefährten wagten nicht, ihm das Wort zu reden, ja sie mußten stumm die Ohren hängen lassen, wenn diejenigen, denen der junge Gerhard als Verlobter des schönsten Limburger Kindes verhaßt gewesen, ihn jetzt als einen vom Teufel Umstrickten verhöhnten und vollends unter den adeligen

Jungherrn sein Verzicht auf Ehe und Erbe eines schäbigen Spielmanns wegen, als ein tolles Märchen herumgetragen wurde.

Da man aber von den beiden Verschwundenen Woche auf Woche nicht das geringste vernahm, auch Gerhards Vater, so sehr die tiefbetrübte Mutter ihm anlag, keinen Fuß rührte und keine Feder in Bewegung setzte, um zu erforschen, wohin der Enterbte sich etwa gewendet habe, verstummte und verscholl mit der Zeit das Gerede, und das Angedenken dieser beiden seltsamen Wandergefährten versank so tief unter neuen Zeitungen, wie die Bretter, die jene Siedlerhütte gebildet hatten, und die einige fanatische Frömmlinge aus dem Kiesgrund rissen und in den Strom warfen, um jede Spur der unheimlichen Teufelsstätte zu tilgen.

Erst im Hochsommer drang wieder ein Lauf von den Ufern des Unterrheins ins Tal der Lahn herauf, der von dem Leben der beiden Verschollenen Kunde gab.

Sie hatten sich lange Zeit ganz still verhalten und auf entlegenen Pfaden die Wälder durchzogen, die damals die hohen Ufer des Rheins noch dichter und abenteuerreicher beschatteten. Da erschienen eines Nachmittags in einem kleinen Winzernest in der Nähe von St. Goar, vor einem Hause, aus dem man am Morgen eine junge Tote hinausgetragen hatte, das einzige Kind wackerer Eltern, denen all ihr reiches Gut wertlos geworden und der Zuspruch ihrer Nachbarn und Gefreundeten geringen Trost geben konnte. Da die guten Leute eben bei einem kümmerlichen Trauermahl saßen, hörten sie plötzlich über den Garten daher ein wehmütig süßes Geigenspiel, das sich nach und nach zu ermannen schien, bis es ganz fest und stark an die verstörten Herzen rührte. Sie eilten an die hintere Tür und sahen draußen jenseits des Gartenzauns einen graubärtigen Mann im langen Siechenkittel, das Sorgentüchlein ums Haupt gewunden, der auf einer kleinen schwarzen Fiedel jene unter Schmerzen triumphierende Weise spielte. Neben ihm stand ein junger Gesell in schlichter Bauerntracht, etwas bleichen Gesichts, aber mit guten, zufriedenen Zügen, das Haupt ganz von unbeschorenen braunen Locken umflossen, den Hut wie in der Kirche in der Hand. Als die beiden der Trauernden ansichtig wurden, strich der Spieler die Saiten leiser und fing an zu singen, und sein Gefährte sang mit weicherer und höherer Stimme die Worte mit:

Gott woll' daß ich daheime wär'
Und all' der Welte Trost entbehr'.

Ich mein' daheim im Himmelreich,
Da ich Gott schauet' ewiglich.

Gott segne dich, Sonne, Gott segne dich, Mond!
Will hingehn, wo mein Schöpfer thront.

Wohlauf, mein Seel, und fleug empor,
Wo deiner harrt der himmlische Chor!

Wohlauf, mein Herz und all mein Mut,
Und such das Gut ob allem Gut!

Da stürzten der verwaisten Mutter, die mit heißen trockenen Augen vom Begräbnis heimgekehrt war, reichliche Tränen über die Wangen, die ersten, die ihre gepreßte Seele erleichterten. Sie behauptete hernach, ihr sei gewesen, als habe sie die Stimme ihres abgeschiedenen Kindes aus dem Lied ertönen hören, und die getroste Stille in diesen Worten sei ihr eine Bürgschaft gewesen, daß es an einem guten Orte wohl aufgehoben und allen Leiden entrückt sei.

Die beiden Spielleute aber, da man sich ihnen dankbar beweisen wollte, waren im nahen Wäldchen verschwunden.

Sie kamen nun aber hie und da wieder zum Vorschein, und Bruder Siechentrost hielt es dabei ganz wie sonst, daß er an einem abseits gelegenen Ort neben den fröhlich versammelten Menschen sich niederließ, spielte und sang und auch das Ledersäckchen an dem langen Stecken darbot, um freiwillige Heller und Kreuzer einzusammeln. Dies diente indessen nicht mehr zu seiner eigenen Notdurft, da der Beutel des Kaufmannssohnes sie beide wohl auf Jahr und Tag speisen und tränken konnte. Aber es lief ihnen viel dürftiges Volk über den Weg, das sich nicht scheute, den Mann im Siechenkittel um eine Gabe zu bitten. Diesen Armseligen gab er hin, was er sich ersungen hatte. Er selbst trug kein Bedenken, seinen Unterhalt durch den jüngeren Gefährten bestreiten zu lassen. Denn, sagte er, wo Freundschaft ist, da ist aller Erdengüter Gemeinschaft. Denn wer einwilligt, das Köstlichste von einem andern anzunehmen, seine Seele mit dem ganzen Schatz von Liebe und Vertrauen und jedem Blutstropfen, den ein Freund für den andern zu opfern bereit wäre, wie sollte der so niedrig denken, daß er das gemeine Hab' und Gut zu teilen sich besänne, das von allem, was Menschen besitzen, das allgemeinste und liebloseste ist! Nun hast du mir dein ganzes Leben hingegeben, wie ich dir das meine, und wir sind eins in zweien geworden, und ich danke Gott, so oft ich zu ihm rede, daß mir eine so überschwengliche Lebensfreude an all meinen Tagen zuteil geworden ist. Nun kann nur eines uns betrüben: wenn wir je geschieden würden. Ich aber denke hinwiederum nicht gering von dem, was auch ich dir zur Gegengabe bieten kann. Ich habe deine Seele frei gemacht aus den Ketten und Banden des alltäglichen Mühens um Gewinn und verächtliche Ehren und habe dir den Liederstrom ins Blut geflößt, daß aller Staub und Unrat aus deinem Wesen hinausgespült und du gänzlich genesen bist von dem, woran die Welt krankt, ohne es zu wissen. So sind wir quitt gegeneinander und uns nicht mehr schuldig geblieben, als alles, nämlich uns selbst, was ein köstliches Geben und Nehmen ist und jeden täglich bereichert, je mehr er verschwendet. -

Gleich in der ersten Zeit, in der Furcht, man möchte ihnen nachsetzen, vor allem, es sei auf ein peinliches Gericht an dem Verbannten wegen zauberischer Künste abgesehen, da sie oft tagelang aus einem Versteck sich nicht hervorgetraut hatten, war der Ältere beflissen gewesen, seinen jungen Gefährten die Griffe auf der Geige zu lehren, wozu dieser großes Geschick bewies. Auch hatte er ein feines Ohr und merkte sich die Melodien leicht, so daß er in kurzer Zeit die Oberstimme singen konnte, während der Bruder mit seinen tieferen Tönen einen Baß dazu erfand. Hiermit vertrieben sie sich manche Stunde, außerdem aber auch mit Gesprächen, die kein Ende nehmen wollten, da sie beide die Welt aus verschiedenen Augen und doch mit einverständigem Urteil betrachtet hatten. Niemals wurde ihnen die Weile lang, und selbst das Schachspiel, das der Bruder sich früher einmal geschnitzt, um mit sich selbst den Kampf aufzunehmen, blieb wochenlang unangerührt. Wenn sie aber unter die Menschen gingen, überließ Gerhard dem Freunde Spiel und Gesang, da er sich nicht würdig hielt, neben dem Meister sich vernehmen zu lassen. Er saß dann an irgendeinem verstohlenen Platz in seiner Nähe und weidete sein Herz an der Macht, die der Freund über die stumpfsten und rohesten Menschenherzen hatte, und fragte sich oft, ob es denn Wahrheit und kein flüchtiger Traum sei, daß er diesen Menschen gefunden und sein Leben mit ihm verbunden habe.

So trieben sie es über den ganzen Sommer und Herbst, völlig unbekümmert um die Zukunft und zu ihrer eigenen Verwunderung von denen, die sie in Limburg sich feindlich wußten, unbehelligt. Doch brauchten sie noch immer die Vorsicht, ihren Zufluchtsort häufig zu wechseln, den sie in verfallenen Jägerhütten, verlassenen Burgtrümmern und düsteren Wäldern suchten. Sie beluden sich dann beide mit dem geringen Hausrat, der ihnen genügte, und durchzogen bei Nacht weite Straßen, bis sie am Morgen wieder Rast machten. Sie hatten ein Lied, das ihnen auf solcher Wanderschaft zur Herzstärkung diente, das lautete so:

Wer Weiß, woher das Brünnlein quillt,
Daraus wir trinken werden?

Wer weiß, wo noch das Schäflein geht,
Das für uns Wolle träget?

Wer weiß, wer uns den Tisch noch deckt,
Der unsern Körper weidet?

Wer weiß, wer uns den Weg noch zeigt,
Darauf wir wandern müssen?

Wer weiß, wo wohl das Bettlein steht,
Darin mich Gott einleget?

Ach, treuer Vater, das weißt du,
Dir ist ja nichts verborgen.

Ihr Sorgen weicht, laßt uns in Ruh
Denn Gott wird für uns sorgen!

Nun aber war es Winter geworden, die letzte Traube längst in die Kelter gewandert, der letzte Geigenstrich auf einer ländlichen Kirchweih verhallt. Die beiden treuen Gesellen hatten sich gegen die Novemberstürme, die über das Land hereingebrochen, und die schweren Regenschauer, von denen die Wälder troffen, in den dunklen Kellermauern einer hochgelegenen, vor etlichen Jahren niedergebrannten Burg notdürftig geborgen und durften nicht daran denken, einen wirtlichen Unterschlupf zu suchen, da der Jüngere, der doch weicher gewöhnt und gegen rauhes Wetter allzeit durch ein warmes Dach verwahrt gewesen war, in einem bösen Fieber lag und nicht imstande gewesen wäre, eine nächtliche Wanderung zu unternehmen. Auch schien es nach seinem heiteren Gesicht, als sei ihm auf seiner Moosschütte und unter der Decke aus Schaffellen so wohl zumute, wie keinem Fiebernden im weichsten Bett, und er verlangte sich nichts Besseres, als daß sein Freund und Pfleger, wenn er wach und bei Besinnung war, an seinem Lager sitze und ihm zuweilen die Hand auf die Stirn lege. Da das Siechtum nicht sonderlich schwer, nur eine Folge der Erschöpfung zu sein schien, war auch der Bruder getrost und in allerlei Erfindungen, den Kranken zu laben und zu erfreuen, unerschöpflich. Er hatte, nach seiner kunstreichen Gewohnheit, das geräumige Verlies, worin sie hausten, so wohnlich hergerichtet, daß es kaum einem Kerker mehr zu vergleichen war, und ein Lämpchen, das er fleißig mit Öl tränkte, verbreitete einen milden roten Schein noch etliche Schuh über das niedere Lager hinaus. Auch verstand er sich auf die Bereitung gewisser kühlender Kräutersäfte, noch von der Zeit her, da er viel schwerer Darniederliegenden Arzneien gereicht hatte, und so hofften sie mit Gottes Hilfe auch diese Heimsuchung treu und tapfer zu bestehen.

Da nun wirklich eine Besserung eintrat und der Jüngling eines Abends in einen Schlaf verfallen war, der sein bester Arzt zu werden versprach, machte sein Wärter sich auf, um in dem Dorfe unten am Fuß des Burghügels neuen Vorrat an Öl, Brot und Wein und etlichen anderen Dingen, deren sie bedurften, einzukaufen. Er schlug die Decke sorgfältig um den ruhig Atmenden, und nachdem er den Rest seines Öls auf das Lämpchen geträufelt, stahl er sich sacht die verfallenen Stufen hinauf und ging durch die sternlose Nacht eilig die verwilderten Pfade hinab, die ihn zu den Häusern der mildtätigen Bauern führten.

Noch aber war keine Viertelstunde gegangen, da schlichen von der anderen Seite des Berges dunkle Gestalten zu dem Trümmerhaufen heran, eine Handvoll bewaffneter Knechte, geführt von einem Laienbruder aus einem nahegelegenen Kloster, der hier alle Wege und Winkel zu kennen schien. Lautlos, so viel es ihre klirrenden Waffen zuließen, näherten sie sich dem Steintreppchen, das zwischen wucherndem Gerank und wilden Holunderbüschen versteckt war, stiegen in den Keller hinab und fielen alsbald über den Schlafenden her, den sie an Händen und Füßen, eh' er sich besinnen konnte, mit festen Stricken fesselten und durch einen Knebel am

Schreien verhinderten. Dann wieder hinauf, den Überwältigten sorgsam in ihrer Mitte tragend, und mit manchem Fluch, daß sie nur den einen Fang getan, und sich beratend, ob sie seinem Gefährten hier auflauern sollten, schlüpften sie auf der unwegsamen Seite wieder hinab, der Straße am Ufer zu, wo sie einen ihrer Gesellen bei den Pferden harrend zurückgelassen hatten. Den fanden sie nun auch an der bestimmten Stelle, nicht aber die vier oder fünf Rosse, die er hatte behüten sollen. Denn da er auf der letzten Rast zu tief in den Krug gesehen, hatte ihn auf seinem Wachtposten der Schlaf übermannt, und irgendein vorüberziehender Gauner, der ihn liegen sah und schnarchen hörte, hatte ihm den lockeren Zügel seines Handpferdes sacht aus der Hand gewunden, sich in den Sattel geschwungen und die ganze Koppel nachziehend in scharfem Trabe das Weite gesucht.

Nun blieb nichts übrig, als einen starken Nachen aufzutreiben und in diesem den Gefangenen rheinabwärts zu schaffen, bis wo die Lahn aus ihren Waldschluchten heraustritt und sich in den großen Strom ergießt. Dort konnten sie sich frischer Pferde bemächtigen. In dem Dörflein unter der Burg aber durften sie sich um ein Schiff nicht umsehen. Denn dort waren die Bauern den beiden Verbannten zugetan, und die Klosterleute, die den Verrat ins Werk gesetzt, wollten doch die üble Nachrede vermeiden, als ob sie es gewesen seien, die den beiden Ausgestoßenen ihre Zuflucht nicht gegönnt, obwohl sie niemand etwas zuleide taten, vielmehr allen Menschen Gutes erwiesen. Also mußten sich die Häscher bequemen, den nächsten Ort stromaufwärts zu suchen und bis dorthin den Gefesselten abwechselnd auf ihren Schultern zu tragen, nachdem der Laienbruder sich von ihnen entfernt. Das war ein saurer Weg, wohl eine Stunde lang durch die stürmische Nacht, während der Fluß mit hochgeschwellten Wogen murrend und schäumend an ihnen vorbeizog, als ob er über die menschliche Gewalttat ergrimmt wäre. Zuletzt erreichten sie ihr Ziel, mieteten ohne viel zu dingen einen großen Fischerkahn mit sechs Rudern, trugen den hilflosen Mann hinein und fuhren mißgelaunt und jeder den andern anklagend die dunkle Wasserstraße hinab.

Sie waren aber kaum eingeschifft, so näherte sich der Älteste der Schar, der ihren Führer machte, dem Gefangenen, hob ihm den Kopf in die Höhe und löste den Knebel aus seinem Munde. Dann, nachdem er die Schnüre an Händen und Füßen gelockert hatte, kauerte er neben ihm nieder und raunte ihm zu, daß er guten Muts sein möge. Ob er ihn nicht wiedererkenne? Er sei ja der alte Wenzel, der Packknecht, der nun dreißig Jahre im Hause seines Vaters gedient. Gerade ihm habe der alte Herr Eschenauer die Ausführung des Handstreichs übertragen, weil er damit sich versichert gehalten, daß nichts Unsanftes geschehen und das Notwendige schonend ins Werk gesetzt werden würde. Sie seien zu Hause tiefbetrübt durch den Tod des jüngeren Sohnes. Nun sei es nicht mehr tunlich erschienen, den einzig überlebenden älteren als einen lebendig Toten zu betrachten, oder etwa zu warten, bis er selbst zur Besinnung kommen und reumütig zu seiner kindlichen Pflicht zurückkehren werde. Der alte Herr habe wohl einen schweren Strauß zu bestehen gehabt mit seinem Trotz und Stolz und dem Worte, das er sich selbst gegeben, von dem entarteten und abtrünnigen Sohne für ewig die Hand abzuziehen. Doch habe der Jammer und das fußfällige Flehen der Mutter endlich seine Halsstarrigkeit gebrochen. Nun solle der junge Herr sich keine schwarzen Gedanken machen. Er dürfe sich des glimpflichsten Empfanges und sehr gelinder Buße versehen, falls er hinfort sich verständig aufführe und nach der Schnur zu leben gelobe. Die ganze Schuld werde man der Behexung durch jenen gottlosen Menschen zuschreiben, die den jungen Herrn wider sein Wissen und Wollen befallen wie eine Krankheit; und wie man niemand zur Verantwortung zieht um das, was er im Fieber gesprochen und getan, so solle ihm auch seine Flucht und sein Landstreichen während dieses Jahres nicht zur Unehre gerechnet werden. Ja, die Tochter des Herrn Schöffen, von Gerhards Mutter befragt, habe zu verstehen gegeben, sie werde, wenn er sich auf Gnad' und Ungnade ergebe, nicht die Unversöhnliche spielen, da er ihr mit all seiner Torheit noch immer besser gefalle, als die ehrbaren jungen Maulaffen, die gehofft an seine Stelle zu treten.

Dies alles hörte der Gefangene, der auf dem flachen Bretterverdeck am Hinterbord des Schiffes saß und nach und nach sich aller Bande entledigt hatte, düsteren Blickes mit an, ohne ein Wort zu erwidern. Das Fieber war, wie es schien, durch die stärkere Erschütterung des Schreckens und Ingrimms plötzlich gebändigt worden, so daß er mit ganz hellen Sinnen in die dunkle Stromlandschaft hinausblickte und seine Lage übersann. Der Fluß ging hoch und ungestüm, die Knechte an den Rudern hatten alle Mühe, das Fahrzeug durch die wilden Strudel hindurchzulenken, so daß ihnen der Atem zum Schwatzen verging. Rechts und links von seinem erhöhten Sitz konnte Gerhard in die weißen Schaumwellen blicken, die neben dem Kiel mit Rauschen in die Höhe sprangen. Seine Stirn brannte ihm trotz der scharfen Nachtluft, sein Mund lechzte nach einem Trunk aus der Schale, die ihm der Freund mit seinen Kräutersäften zu füllen pflegte. Da bogen sie um eine Krümme des Ufers, und Gerhard sah zur Linken den schwarzen Mauerzahn in den Himmel ragen, der allein noch von ihrer Burg sich über dem Berggipfel erhob. In demselben Augenblick hörte er am Ufer drüben eine tiefe Mannesstimme, die er nur allzuwohl kannte. Sie kam dem Schiff entgegen, da der, dem sie gehörte, auf der Uferstraße heranwandelte. Und jetzt hörte er deutlich die Worte:

Wer weiß, wer uns den Weg noch zeigt,
Darauf wir wandern müssen?

Wer weiß, wo wohl das Bettlein steht,
Darin mich Gott geleget?

Ach, treuer Vater, das weißt du;
Dir ist ja nichts verborgen.

Ihr Sorgen, weicht, laßt uns in Ruh,
Denn Gott wird für uns sorgen!

Wie aber der Freund im Schiffe das Lied erkannte, schwoll ihm das Herz so gewaltig, daß er auf einmal die Oberstimme mitsingen mußte, so laut und freudig, wie nie zuvor. Die Ruderer erstaunten, hielten mit der Arbeit inne, wagten aber nicht ihm Stille zu gebieten, da es so feierlich klang, daß ihre harten Seelen davon angerührt wurden, als hörten sie die Frühmette in der Weihnacht. Doch als der letzte Ton verklungen war, rauschte plötzlich der Fluß dicht neben dem Schiffe gewaltig auf; der Sänger auf dem Verdeck war verschwunden, er tauchte aus dem strudelnden Gewoge zur Seite des Kahns einen Augenblick auf, und man sah ihn eifrig nach dem Ufer hin rudern, wo die dunkle Gestalt des anderen Sängers mit einer Gebärde des Entsetzens stehengeblieben war. Die im Kahn riefen sich zu, dem Entfliehenden nachzufahren, und wendeten hastig den Kiel. Es schien aber, als solle die dreiste Flucht gelingen, der Schwimmer gewann einen immer wachsenden Vorsprung, ein wildes, drohendes Geschrei der Rudernden scholl hinter ihm drein – da wurde es auf einmal still über dem Wasser: der Nachen trieb allein die Strömung hinab, der, dem er nachsetzte, war in die Tiefe gesunken, um nicht wieder aufzutauchen.

Erst zwei Tage später, weit unten am Siebengebirge, wurde der kalte Leib ans Land gespült. Da die Kunde von diesem Abenteuer wie ein Lauffeuer sich an beiden Ufern des Rheins verbreitet hatte, erkannte man den Toten sofort und sorgte, daß ein Eilbote es den Seinigen hinterbrachte, die sich trostlos gebärdeten und dem Unglücklichen ein Begräbnis anordneten, als wäre über die alte Liebe und Vertraulichkeit nie ein Schatten gefallen. Herr Eschenauer aber, nachdem er die drei Schaufeln Erde auf den Sarg seines Sohnes geworfen, schritt eilig zum Stadtvogt und mit diesem zu dem Grafen selbst, um ihn anzugehen, daß er aus allen Kräften dazu mitwirken wolle, den Anstifter all dieses Unheils zu greifen und zur Verantwortung zu ziehen. Auch wurde alles, was in der Macht dieser vereinigten Menschen stand, zu solchem Zwecke aufgeboten, die Ufer des Rheins bis nach Köln hinab durchstreift, jeder Trümmerwinkel durchsucht, ja sogar ein hoher Preis auf das Haupt des Verfemten ausgesetzt, der als ein Erzzauberer und Seelenverderber verschrien ward. Alles aber umsonst. Der Bruder Siechentrost mußte entweder wirklich mit den höllischen Mächten im Bunde sein, oder unter den Armen und Niedrigen so gute Freunde haben, daß ihn die Feindschaft der Mächtigen nicht ereilen konnte.

Endlich, im neuen Frühjahr, als das erste maigrüne Laub an den Bäumen sproßte, zog einmal eine Hochzeit durch eines der Seitentäler der Mosel, und der junge Ehemann, da die Welt so schön und lachend vor ihm lag und seine ihm eben angetraute Liebste mit blühenden Wangen und zärtlich funkelnden Augen zu ihm aufsah, konnte sich in seinem Glück nicht länger stumm verhalten, sondern fing an zu singen, eines jener Lieder des Bruder Siechentrost, die längst im Volksmunde heimisch geworden waren:

Wie mochte je mir wohler sein?
In Lieb' ergrünt das Herze mein,
Mein Mut sich tut erneuen.
Mein holdes Lieb, des habe Dank,

Und nimmer wank
Von herzelicher Treuen!

Er hatte aber mit dem Singen kaum begonnen, da ertönte vom Waldrande daher über einen grünen Anger hinweg ein ganz leises Geigenspiel, das ein wenig zitternd, aber völlig rein die Melodie des Liedes wie ein zartes Echo widerhallte. Alsbald stand der ganze Zug still, und sie blickten nach dem Ort, von wo die Musik ertönte. Da sahen sie, von den leichten Schatten der jungen Buchen überweht, an einem uralten hohlen Baum ein graue Figur sitzen, und wie sie sich, immer weitersingend, näherten, um den Spielmann in ihrem Hochzeitsglück nicht unbeschenkt zu lassen, hörte der Saitenklang plötzlich auf, der Spieler ließ das Haupt gegen den Stamm zurücksinken und kehrte die Augen gegen den klaren Frühlingshimmel. Der Bräutigam trat an ihn heran, und berührte staunend mit einem Zweige, den er vom Wege aufhob, die Hand, die das kleine schwarze Instrument noch umspannt hielt. Die Hand fiel herab, die Augen sahen nichts Irdisches mehr, der fröhliche Liedermund war für immer verstummt.

Über tredition

Eigenes Buch veröffentlichen

tredition wurde 2006 in Hamburg gegründet und hat seither mehrere tausend Buchtitel veröffentlicht. Autoren veröffentlichen in wenigen leichten Schritten gedruckte Bücher, e-Books und audio-Books. tredition hat das Ziel, die beste und fairste Veröffentlichungsmöglichkeit für Autoren zu bieten.

tredition wurde mit der Erkenntnis gegründet, dass nur etwa jedes 200. bei Verlagen eingereichte Manuskript veröffentlicht wird. Dabei hat jedes Buch seinen Markt, also seine Leser. tredition sorgt dafür, dass für jedes Buch die Leserschaft auch erreicht wird.

Im einzigartigen Literatur-Netzwerk von tredition bieten zahlreiche Literatur-Partner (das sind Lektoren, Übersetzer, Hörbuchsprecher und Illustratoren) ihre Dienstleistung an, um Manuskripte zu verbessern oder die Vielfalt zu erhöhen. Autoren vereinbaren direkt mit den Literatur-Partnern die Konditionen ihrer Zusammenarbeit und partizipieren gemeinsam am Erfolg des Buches.

Das gesamte Verlagsprogramm von tredition ist bei allen stationären Buchhandlungen und Online-Buchhändlern wie z. B. Amazon erhältlich. e-Books stehen bei den führenden Online-Portalen (z. B. iBookstore von Apple oder Kindle von Amazon) zum Verkauf.

Einfach leicht ein Buch veröffentlichen: **www.tredition.de**

Eigene Buchreihe oder eigenen Verlag gründen

Seit 2009 bietet tredition sein Verlagskonzept auch als sogenanntes "White-Label" an. Das bedeutet, dass andere Unternehmen, Institutionen und Personen risikofrei und unkompliziert selbst zum Herausgeber von Büchern und Buchreihen unter eigener Marke werden können. tredition übernimmt dabei das komplette Herstellungs- und Distributionsrisiko.

Zahlreiche Zeitschriften-, Zeitungs- und Buchverlage, Universitäten, Forschungseinrichtungen u.v.m. nutzen diese Dienstleistung von tredition, um unter eigener Marke ohne Risiko Bücher zu verlegen.

Alle Informationen im Internet: **www.tredition.de/fuer-verlage**

tredition wurde mit mehreren Innovationspreisen ausgezeichnet, u. a. mit dem Webfuture Award und dem Innovationspreis der Buch Digitale.

tredition ist Mitglied im Börsenverein des Deutschen Buchhandels.

Dieses Werk elektronisch lesen

Dieses Werk ist Teil der Gutenberg-DE Edition DVD. Diese enthält das komplette Archiv des Projekt Gutenberg-DE. Die DVD ist im Internet erhältlich auf **http://gutenbergshop.abc.de**

Zeitfracht Medien GmbH
Ferdinand-Jühlke-Straße 7
99095 Erfurt, Deutschland
produktsicherheit@kolibri360.de